物语终焉

（日）凑佳苗 著
郑晓蕾 译

新星出版社 NEW STAR PRESS

目录

1	天空的彼方
31	回过去,到未来
63	花开之丘
95	崎岖之路
129	超越时间
159	湖上的烟火
191	小镇的灯光
223	旅途的尽头

天空的彼方 ————

山的那边有什么呢？打从记事时起，我就总是出神地凝望远处的景色，脑子里想的全是这个。我出生在这个地处山间盆地的小镇，所见之处，全是高墙般环绕小镇的群山和群山之上的辽阔天空。父母二人经营一家小面包店，他们每天凌晨两点起来做面包，早上六点开始营业，傍晚六点才打烊，然后进货、备料，晚上九点上床睡觉。店名叫"薰衣草烘焙坊"。可父母生来就一直在小镇生活，从未出去旅游过，也从未见过如紫色绒毯般一望无垠的北海道薰衣草花田。长相不太和善的父亲想取个把镇上的主妇们都吸引过来的时髦店名，就跟附近的"文化人"借来植物百科词典，从里面找了几个觉得不错的片假名的花名，列在宣传单背面，由母亲挑了一个，仅此而已。可"薰衣草烘焙坊"却遂了他们的心愿，成了镇上人人喜爱的面包店，夫妇二人不停地做面包，周末和节假日也不休息。拜其所赐，他们连管我这个独生女的空儿都没有，我只能一个人发呆，幻想山那边的世界，以此来打发时间。

山那边也许有个和这里一样的小镇，镇上有个和我同龄、长相一样的女孩子。但她不是面包店主的女儿。她的爸爸是国外航线的海员，每年回家几次，每次都从世界各地给她买回可爱的娃娃和漂亮的布匹。妈妈很会做洋装，会用爸爸买回的布匹为女儿缝制漂亮的连衣裙。女孩每天穿着它上学，别人都很羡慕，可她自己其实一点都不开心。因为穿着它就没法跟大家一起玩水、爬树了。女孩一直希望能不用顾及自己的衣服，痛痛快快玩一场，哪怕一天也好。有一天，她和妈妈一起去邻镇的面包店，遇到了一个和自己长得一模一样的女孩子……

这个幻想故事我给一个人讲过。她叫小野道代，和我同年级，小学六年级时，由于在银行的父亲工作调动，全家搬到了这里。上课和放学时我都会望着远处发呆，以前认识我的人都见怪不怪了，可这在道代眼中却十分不可思议。

"你脑子里都在想些什么呀？"她满脸好奇地问。

我有点难为情，可又不想被她误解为我脑子不灵光，就把刚才展现在头脑中的世界跟她讲了。

"真有意思！接下来怎么样啦？"

她边鼓掌边问，可我还是挺为难。我告诉道代，我的幻想总是到此为止，从没有作为一个故事完结过。道代说那太可惜了，应该把幻想记下来，写完这个故事。我有点嫌麻烦，觉得幻想就是要随心所欲才开心，可还是敷衍着说了句"好啊"。谁知第二天，道代就送了我一个好看的彩色笔记本。这么一来，我就骑虎难下了。之后，我总算写出了两个长相一样的女孩互换身份的故事。道代夸这个故事很有意思，还说我能成为女作家。我心想她也太夸张了，对此一笑置之。乡下面包店里的小丫头，怎么可能成为作家啊。

"至少对我来说，你已经是个作家啦。"

道代一副认真的表情，十分肯定地说。她让我再写一个，还说这次想看有谋杀案的故事。我虽然知道世界上有类书叫推理小说，却从没读过。没人给我买书，学校图书室里摆的都是所谓的文学名著，之前读过的书里，倒是有自杀和殉情的情节，可就是没有写谋杀的。我跟道代说没读过的东西写不出来，她就借给我了一本横沟正史的《本阵杀人事件》。书名里就有"杀人事件"这几个字，肯定很吓人。要是吓得半夜不敢去厕所怎么办？这本给大人看的书，我都怀疑自己能不能读到最后，可后来发现这些担心完全是杞人忧天。父母睡得早，百无聊赖的漫漫长夜里，时针划过十二点，我也没有丝毫睡意，一晚上就把书从头到尾读完了。

这是一桩发生在旅馆总店偏房中的谋杀案。惨遭杀害的新郎和新娘枕边，摆放着家传古琴和沾有奇怪血痕的金屏风，积雪让杀人现场成了密室……

这座小镇仿佛成了故事的舞台。当作家的话也许得住在东京，但故事的舞台可以在乡下，这样更能赋予故事独特的气氛。刚这么一想，头脑中立刻浮现出一间老屋，住在里面的美女三姐妹发出清脆的笑声。谋杀手法最好不要太血腥。用农药怎么样？农药还是不太适合美女。用毒草如何呢？我边在学校图书室调查有毒的植物，边撰写故事。笔记本写了十页纸。虽然只是孩子脑中的拙劣小故事，连短篇小说都算不上，道代却为此兴奋不已。

"不是往茶水里下毒，而是把毒涂在茶杯上，直到最后我也没想到呀！"

听到她的感想，我暗自窃喜，心里开始琢磨，下次用什么方法杀人好。可是故事这东西，有读者才有写出来的价值。初一结束后，道代搬去了别的镇，那之后我虽然还会幻想，却一下子失去了提笔把它写成故事的冲动。我把记录了许多故事的笔记本送给了道代。她说以后也想看，求我让她抄一份，但我不用留了，因为那些故事已经深深印在了脑海中。道代送了我三本横沟正史的小说，说是答谢。我觉得三本太多了，想从里面挑一本。她却把三本书都硬塞到我手里，说，跟书店里能买到的书相比，世界上独一无二的书才更珍贵。她让我一定要继续写下去。

升初二后，我就很难沉浸在故事的世界里了。面包店的收银员小松姐结婚了，等丈夫出去上班才能来工作，因此我不得不在早上六点到八点来帮忙看店。在此之前还要做好上学的准备，每天早上五点就得起床，再没有多余的精力整宿看小说。再加上我当班的两个小时又是上班族和学生买面包的高峰时段，容不得我发呆走神。把面包放进纸袋、录入收银机、收钱、找零，不断重复这一系列动作。别人都精力充沛地去上学，我到学校时已经累得筋疲力尽了。上课时也不是沉浸在幻想中，而是完全进入梦乡。

可是我并不讨厌这份工作。因为来的几乎都是熟客，我可以观察到这座小镇上住着什么样的人，记住他们各自爱吃的面包，给他们起"德式面包大叔""巧克力螺姐"这样的绰号，从主妇们买面包的个数和种类去想象她们的家庭，其中的乐趣颇多。

"火腿君"也是常客之一。我在这附近没见过和他穿一样校服的学生。每天早上六点五十分，他都会来店里买一份火腿三明治和一个火腿蛋卷。我不知道他的姓名，就在心里叫他"火腿君"了。他每天必选这两样，所以托盘里的面包我都不用细看，就装袋收钱了。刚升初三不久，一天，我像往常一样把纸袋和零钱递给"火腿君"。他离开好一会儿了，我才想起火腿三明治在他来之前刚刚卖完。附近中学的老师买走了好多，说是社团活动时要慰劳学生。"火腿君"托盘里的确实是三明治没错。这样的话，他拿的应该是比火腿三明治便宜三十日元的鸡蛋三明治，是我收错了钱。我想明天一早把钱还给他，可要是他发现我多收了钱，生气地找上门来，我一定会挨父亲的骂。我想还是应该趁今天认错比较好，于是决定去等他。

上学时我跟朋友说起他校服的特征，朋友告诉我是邻镇京成高中的校服，那他上下学肯定要乘公交车。放学后，我从下午四点一直在离面包店一百米左右的公交站等他。他是从五点半到达的公交车上下来的。我跑过去，掏出兜里的三十日元交给他时，他显得十分惊讶。收银时我一直穿白色工作服，头上包着三角巾，他好像没认出我是面包店的。在店里时，各种客人我都能应对自如，那时却很紧张，语无伦次地跟他说了收错钱的前后经过。

"就为这区区三十日元,你一直在这儿等我啊?"

"火腿君"有点愕然地问。看来他没发现我收错了钱。

"刚才一直在看书,时间一晃就过去啦。"

我把夹在胳膊底下的书拿给他看。

"女生看推理小说,真少见啊。你喜欢这个类型?"

见我点头,他又问我还有什么别的推理小说,我坦白说只有朋友搬家时送我的这三本。"火腿君"说,他有好多江户川乱步的书,可以借给我。他是面包店的顾客,又是个比我年纪大的男生,跟他借书合适吗?我虽心有迟疑,可对推理小说的渴望更胜一筹。道代送我的那三本书我一有时间就拿出来,反复读了好多遍,可第一次读时的震惊感在第二遍读时就体会不到了。我很想再次感受那种拍案叫绝的惊叹和猜到答案的快感,就低头拜托他了。第二天,"火腿君"就给我带来了一本江户川乱步的《孤岛之鬼》。但当时收银台前排了长队,我都没来得及好好道谢。所以还书时,我又去公交站等他。火腿三明治和火腿蛋卷下午都卖完了,我把书和装着奶油面包的纸袋一起递给了他。他当场把面包掰了一半儿给我。我们就坐在公交站的长椅上,边吃面包边讨论书里的内容。第二天早上,火腿君又带了另一本书给我。

觉得一下子读完太浪费,想细细品味,可又想尽快读完去和"火腿君"分享,这两种心情总在打架。有一次,五点半的公交车上没见到"火腿君"的身影。早上才刚见过面,第二天早上也能见到,我心里却有种"一日不见如隔三秋"的落寞。我坐在长椅上呆呆地望着远处,想着他的样子,想象他在做什么。这么一来时间过得飞快，六点半的公交车到站，"火腿君"走了出来。他看见我明明很开心，却开口就训我说，天都快黑了还待在这种地方多危险。见我难过地哭了，又跟我说，今天有社团活动所以回来晚了。他说如果今后再有事晚回，就在早上事先跟我说一声。可要是在收银时说这些，父母也许会发现我和他见面的事。"火腿君"提议我们之间设定一个暗号。如果坐平时那班车回来，就买平时那两样面包。如果要晚回就买其他面包。

"那你有事晚归时就吃不着爱吃的面包了，能行吗？"

这是我最介意的。我之前甚至都想偷偷把火腿三明治和火腿蛋留给他。

"妈妈也经常给我买，你们家的面包无论哪种都好吃！"

作为面包房店主的女儿，我从未感到如此自豪。虽然我曾帮忙准备，把奶酪切碎，或是往面包模具里抹黄油。可这一次，我真心想跟父亲学做面包了。

夏末的一天，和"火腿君"坐在车站的长椅上时，我一不小心又走了神，盯着远处的景色看。和他单独在一起时我会十分紧张，却也有一种与此完全相反的踏实感不时浮现，就像河底的石头随水流动，不时现于水面。也许是他酷似绢人般白净清秀的面庞，也许是他沉稳的声音与谦和有礼的说话方式，我们两人连手都没碰过，就算有熟人经过，也会认为是各自等车的两人在寒暄几句而已。即便一直保持这样的距离，我还是被"火腿君"身上流淌出来的温和气息包围了。

"你经常这么看远方，能看见什么啊？"

"山那边的世界。很想去看看，但没机会，只能想象。"

"那就去看看啊。需要的话，我带你去。"

"火腿君"的高中就在山那边的镇上，坐公交车的话不用一小时就能到。我长久以来的心愿，就这样得以轻松实现。周日那天，我撒谎说要和女伴一起去学校学习，出了家门，在公交站与"火腿君"会合，一起上了车。这是我生平第一次乘公交车。小学和初中有过两次修学旅行，本来有机会走出这个小镇，可每次出发前一天我都发高烧，只能哭着请假。我曾一度确信自己中了诅咒，一辈子都出不了这个小镇，觉得自己除了靠幻想，没有其他走出去的办法。可现在，公交车在镇里的两个车站接上乘客，就离开小镇，朝山间公路驶去了。我本来想把曲折狭窄的盘山路和初次见到的景色都印在眼里，结果只顾得强忍呕吐感，目光根本没法从膝上紧攥的双手上挪开。我果然是被诅咒了，是恶灵附体，不放我出去。我的额头上冒出一层细密的汗珠，双膝颤抖起来。可山里好像没有车站，公交车毫无停下的趋势。胃里翻江倒海，我刚要张口喊出"让我下车"时，"火腿君"的胳膊一下子伸到我面前，把车窗打开了。凉爽的空气流进车厢，我感觉舒服点儿了。

"到站了我叫你，你睡会儿吧。"

"火腿君"看出我想吐，这让我很难堪。但我还是听话地闭上眼，身体靠在座位上，这么一来，头一下子变轻了，诅咒随着意识一起渐渐消失了。

我们在火车站前的公交站下车。"火腿君"从车站小卖店给我买了一瓶汽水，说晕车喝这个能舒服些。我坐在小卖店旁边的长椅上把汽水喝了。这是我头一次晕车。火车进站了，我也是头一次看见火车。我狼狈不堪地从山那边来到这个镇，发现这里虽比我生活的小镇大，却称不上大城市，还是四面环山。我问"火腿君"山的那边是不是更繁华，他告诉我，那边也和我们住的小镇规模差不多，这个城镇算是附近最大的了。要想去大城市，还得从这里坐很久的火车。

"我注定一生都住在那个小镇上了，就算能出来，这儿也是极限了。"

"这里几乎所有的东西都能买到，有需要的话跟我说一声就行。"

"火腿君"每天都要往返如此长的距离，这令我十分钦佩。我问他是什么样的学校值得每天跑这么远，他马上就带我去了京成高中。校舍的墙砖厚重而有时代感，单从校舍就能看出这里云集了优秀的学生。好像周末也有社团活动，校舍中传来吹奏乐器的声音，后方的操场上，棒球部正在练习。

"能在人才济济的学校担任学生会干事，'火腿君'你真优秀啊。"

"才不是呢。就是因为我没那么优秀，才被派去干杂事。话说，'火腿君'是指我吗？"

我暗想"糟糕"。这个称呼我原本只在心里叫的。我不知道"火腿君"的姓名，除了这个，我也不知道叫他什么合适。他管我叫

"你",但让我称呼他"你"①的话总觉得有点怪怪的。

"对不起……"

"哪有啊,'火腿君'这个名字挺好,我挺中意。是从公一郎里的'公'②字来的吧?"他笑着说。

我现在才知道他名叫公一郎,可我没说这个名字是从火腿三明治和火腿蛋卷来的,默默点了点头。"火腿君"还带我进了校舍里面。教室整洁,走廊两侧的墙上装饰着学生们的油画。我跟他说,真羡慕他每天都能在这么好的地方学习。他听我这么说,回答道:"你也报考这所高中吧。学校里也有文学部,最适合爱读书的你了。"

我也是第一次听说还有这类社团,就问文学部是干什么的。"火腿君"告诉我,在文学部可以相互交流读书的感想,自己作诗和写小说。原来除了自己这个乡下丫头,别人也在写小说,而且还成立了社团。我在吃惊之余,心中也跃跃欲试。

"我可不行。每天坐车这件事就挺难,再说脑子也不够用。今天能这样参观一下我就很满足了。"

"火腿君"没再多劝。经过学生会的房间时,碰见了与他同班的一个男生,那男生冷嘲热讽地说:"哟,这女的是谁呀?""火腿君"面不改色地说,是亲戚家的初三学生,带来参观一下学校。听他这么说,我心中有些失落。那人又说,都这时候了还有闲心领人参观啊,我才知道"火腿君"在上高三。我意识到,在公交站

---

① 日语中,"你"这个词写作"あなた",而妻子称呼丈夫时,也会直呼"あなた"。
② "公"字上下拆开是"ハム",日语中就是"火腿"的意思。

让他听我的感想，在休息日让他带我出远门，都是在给他添麻烦。

从学校出来，"火腿君"带我去了书店。有横沟正史的新书，江户川乱步的作品摆了一排，让我眼花缭乱，光书的数量就令人惊叹。可我是瞒着父母出来的，身上只带了平时辛苦积攒下来的零花钱。我买了横沟正史的新书和松木流星的《雾夜杀人事件》。就算是之前没触过的作家和作品，只要看到题目里有"杀人事件"这几个字，就会觉得这本书好看。我看"火腿君"买了两本江户川乱步的书，很替他担心。他要准备考大学，还有那么多时间看小说吗？

从书店出来，他又带我去了文具店。我们中学对面的文具店大概有三席榻榻米大，常用文具基本上都有，这家文具店则要大十倍之多，文具品种齐全，有精致的钢笔，还有皮面笔记本，许多好看的文具我连见都没见过。我想买信纸和信封，印着可爱插画的信纸和四周有玫瑰花边的进口信纸都让我爱不释手。跟在书店时一样，在这里也挑花了眼，我问"火腿君"哪个好看，最后总算决定要买哪一款了。傍晚之前必须得回家，我们出了文具店就朝公交站走。"火腿君"问我要给谁写信，我说要写给一个搬走的朋友，然后跟他说了小野道代的事，但是省略了自己写小说的那部分。我和道代大约每个月往来一次信件。

"道代现在在东京，'火腿君'也会报考东京的大学吗？"

"有几所打算报考的学校，但我最想去的是北海道大学。"

那是比东京更遥远的地方。我的印象中，只知道那是在北方，是个很寒冷的地方。

"说起来,你家是不是和北海道有什么渊源啊?"

我还纳闷他干吗这么问,紧接着意识到是因为面包店的店名叫"薰衣草烘焙坊"。

"哪有什么渊源,父母和我都没去过北海道,单纯是因为喜欢薰衣草这个词才用来作店名的。'火腿君'为什么想去北海道啊?"

他告诉我,那个学校有个他很想跟的导师。我们俩因书结缘,之前觉得他肯定是学文科的,其实他更擅长数理。那跟他借书就更不合适了,何况自己也买了新书,我就想跟他说,谢谢他之前借了那么多书,今后不用了,却无论如何也开不了口。他还是会去买面包,也不是再也见不到面了,可我还是觉得很落寞。我怕在他面前哭出来,便决定下车时再跟他说,然后直接跑回家。怕晕车难受,我上车就闭眼睡了。再次睁眼时,却发现自己在"薰衣草烘焙坊"前,在"火腿君"的背上。

"干什么呢?"父亲的一声怒喝让我瞬间清醒,赶快跳了下来。公交车到站后,"火腿君"摇我肩膀我也没醒,他就把我背了回来。

"你瞒着父母去哪儿了?"

面对父亲的追问,我如实说了"火腿君"带我去京成高中参观的事,说自己得知有文学部,很感兴趣。我本来是想告诉父母,自己并非只想去山那边看看,而是有正当目的,然而这句话却起了完全相反的效果。

"你个面包店的丫头,痴心妄想什么文学社。就凭你的头脑,这边的高中足够了。话说回来,如果照你说的那样,一开始照实说不就得了。还撒谎说和女伴儿去学习,老实说,你是不是去干什么见不得人的事儿了?"

父亲说完,狠狠瞪着"火腿君"。但"火腿君"即便在此时此刻也丝毫不为所动,他朝我父亲端端正正地鞠了一躬说,非常抱歉,没有经过允许就带我出去了。说完这些,他又加了一句:"但我是真心希望与令爱交往。现在我考大学,她考高中,时机不合适,而且考上大学的话我就得离开这个镇。可毕业后我还是想回来工作。所以,请您到那时再答复我。"

父亲、来劝和的母亲,还有我全都愣住了,一句话也说不出。"火腿君"朝我们行了礼,就转身回家了。

"那小子是从哪儿冒出来的啊!"

"好像是'文化人'家的儿子啊。是秀才呢。"

"秀才?怎么就看上我家闺女了?"

"说得是啊。这孩子一天到晚只会发呆,到底哪点……"

父母看着"火腿君"的背影说。而我,脑中回荡着他所说的话,一直在傻乎乎地想"令爱"到底是说谁呢。几天后,连"火腿君"的父母都来我家拜访,我们得到了双方父母的认可,成了名正言顺的恋人,但我又想这样真的合适吗。我喜欢"火腿君"没错,但未来的事情可以就这样草率决定吗,这不是完全没有顾及我本人的意见吗?或许在那种情况下没有其他办法,可是,如果"火腿君"能在他父母来之前事先提示我一下,我也就不会有这种心情了。我想给自己的心灵找到平静之所,又开始出神地遥望比山那边更遥远的，天空的彼方。

我考上了家附近的高中，而"火腿君"被第一志愿北海道大学录取。离开小镇的前一天，他把自己的推理小说都给我带来了。好多本我都没看过，我和他约定，把读后感和近况写信告诉他。父亲允许我送他到火车站，可他担心我的身体，只让我送到了公交站。离开车还有半个小时，我们俩就去了车站，并肩坐在长椅上。我想叮嘱他别感冒，有好多话想跟他说，眼泪却不听话地一个劲儿往下掉，不知不觉地，时间已经所剩无几，话却一句都没说出口。"火腿君"看我难过，就鼓励我说，高中生活很愉快，时间一眨眼就过去了，只要全心投入自己喜欢的事情一定会很开心。他温柔地握着我的手说："等你给我写信。"

说完这些，他上了公交车。车开走了。

我每周给"火腿君"写一封信，他每个月给我回一次信，不知这样算不算互通邮件。高中生活刚开始，我想写信告诉他的事太多了：关于学校和新朋友；学校没有文学社，所以我加入了新闻部；第一次写的文稿《柔道部女主将擒贼记》广受好评；面包店新聘请的收银员是个美女，店里现在生意很好，但妈妈却不太高兴……那时，我根本等不及"火腿君"给我回信，还在信里写明不必全部回复。可是，还不到半年，可写的东西就快没有了。并非学校生活变无聊了。朋友的聊天内容都与恋爱有关，还有人说我比其他人文笔好，来跟我请教如何写情书，聊天话题中不乏"班里谁最帅"和"运动会能不能跟他一起跳集体舞"之类，这些都没法儿写信跟"火腿君"说。看朋友们说起"今天和喜欢的人四目相对了""放学一起回家了"时的那股兴奋劲儿，我也会羡慕。不知谁走漏的风声，有人来问我是不是订婚了时，我也会焦躁地想什么时候传得这么夸张了。但这些事，是万万不能跟"火腿君"讲的。

"火腿君"的信里主要还是大学和北海道的生活。他告诉我：到学校的那天积雪尚未融尽；樱花花期和老家要相差一个月；宿舍里住着来自日本全国各地的学生，每天晚上，大家都会夸赞自己的家乡。他好像去了外国一样，说的都是我没经历过的趣事，能写在信里的内容似乎无穷无尽。我也会遥望远处的天空，想象"火腿君"的生活。"火腿君"还给我寄过明信片。明信片的一整面都是紫色的薰衣草花田，我也拿去让父母看，把它装进相框里，摆在收银台旁边。我写信告诉他，他又寄来了铃兰的明信片，上面还写了一句话："如果把你比喻成花，我觉得你是一朵铃兰。"明信片没有信封，要是让父母看见多难为情，我心中小鹿乱撞，却想起了一件关于铃兰的事。

收到"火腿君"明信片的同时，我收到了道代的信。之前要准备考试，又忙着给"火腿君"写信，我跟道代逐渐疏远，已经一年没有通信了。道代在信中告诉我，她考上了东京有名的重点高中，加入了学校的文学部。最近广受关注的推理小说家松木流星也是这所学校的毕业生，有些前辈的作品曾经得到过松木老师的指点。这些对于我来说，像是另一个世界的梦境。道代在信的结尾这么写道：

"我是喜欢读书才进了文学社，但从没想过写小说这么难。当时绘美你一口答应我的要求，写了那么多有意思的故事，现在我更敬佩你了。你一定还在坚持写小说吧。我一定会加油的，希望有一天，我们能读到对方的作品。"

虽然我会为新闻部写稿，但自从道代搬走后，我连一行小说也没写过。店里不用我帮忙收银了，晚上有大把的时间。"火腿君"送我的书也全看完了。我想再提笔写小说，但给"火腿君"写信这件事也不能耽搁。这时，我想到了一个好办法。分段写小说，然后寄给"火腿君"看。虽然把写的东西给熟人看，特别是给自己喜欢的人看会很难为情，但"火腿君"在外地，不会当着我的面阅读和评论。这种距离感刚刚好。想让"火腿君"读还有一个原因，就是我想构思一个用铃兰杀人的案件。我想起之前为了给道代写小说，在图书室查阅有毒的植物时，看到书里写铃兰含有剧毒。我每次给他寄去一段故事，最后，当读到凶手用的是铃兰的毒时，他会是怎样一副表情呢——光想象一下就很开心。读过之后，他还会把我比喻成铃兰吗？

我马上动笔，题目是《凌晨三点的茶话会》。之前写的小说以乡村为舞台，作案者都是一些偏野山村的怪人，案发原因与传说和旧习俗有关，而这次构思的小说虽然舞台还是乡下，情节却更贴近现实，发生在自己身上也很有可能。因为道代的信中出现了松木流星的名字。松木的作品被称为社会派推理小说，有一种完全不同于"吓人"那种感觉的恐怖，边读边想象自己在这种状况下是什么感觉，会觉得很有意思。倘若自己是凶手，我会如何作案呢？要杀人吗，为什么一定非杀不可呢？在什么样的状况下，我这种普通人也会起杀心，真的动手呢？我会用什么方法杀人呢？难道不会迟疑吗，会借助别人的力量吗？如果我杀了人，会向别人坦白吗？就算我不说，像"火腿君"那样的人应该也会注意到吧？像"火腿君"的人和主人公是什么关系呢，如果是朋友还好，若是敌人的话……就太可怕了。

我在宣传单背面画出登场人物之间的关系图，确定了故事梗概后，头脑中就浮现出了影像，我把这些影像转换成文字，接连写了五天。在这段情节刚好告一段落时，回头确认是否有丢字错字，表达方式是否正确，比喻是否恰当，内容是否合乎逻辑之后，我把它誊写在了稿纸上，刚好写满十页纸。另附了封短信，告诉他我读完了小说，自己也想尝试写作。我在信封上多贴了几张邮票，把信连同稿纸寄了出去。"火腿君"似乎也很吃惊，我寄出信刚一周，就收到了他的回信。

"故事开头就把我吸引住了。之后会发生什么呢。我非常期待。"

"火腿君"寄来的所有信件中，数这封最让我开心。我觉得他应该不会生我的气，但收到回信之前，还是有些提心吊胆，要是他拐弯抹角地说"女孩子还痴心妄想要写小说，有这闲工夫还不如去学学做菜"之类的怎么办。"火腿君"的夸奖给了我自信，我每晚都坐在桌前写小说，无论在学校还是家里，脑中一直在构思情节。因为经常出神思考，学校的朋友和父母都以为我是在思念远方的"火腿君"。

"你要还是总这么呆呆的，公一郎就算回来了，也不会喜欢你，没准儿还会再出远门。"

妈妈说这些话也没管用，我的思绪已经完全沉浸在故事之中了。女主人公为了帮父母还债而被迫订婚，她用铃兰毒杀了未婚夫后，打算与相爱的男子私奔。他们正要离开小镇时，精干的刑警已经潜伏在车站了……连结尾都想到了，可谋杀的情节还没写出来，我绞尽脑汁地想怎么才能让他喝下铃兰之毒。能不能像玫瑰花红茶那样，用铃兰花瓣泡茶让他喝进去呢？铃兰的哪个部位含有毒素呢，杀死一个成年男子需要多大的量呢？会不会有怪味呢？一小口就足以毙命的话，有点味道也没关系，要是喝一杯才能致死，就不能用红茶了，要泡在咖啡里味道才掩盖得住。再或者，揉在面包里是不是更好？像这样，有很多想法都需要去一一调查。

除了考试期间或是学校有文化祭之类的活动，我每周都会写十页纸。大概花了一年时间，《凌晨三点的茶话会》完成了。"火腿君"先是对我完成四百页的长篇小说表示鼓励，说收回之前那个铃兰的比喻，之后又问，故事这么收尾合适吗。我考虑再三，决定以女主角被潜伏在车站的刑警逮捕作为结尾。原本我想让女主人公逃脱刑警的追踪，和相爱的男子一起乘火车离开。可这么一来，两个人又要经历其他考验，故事就没法收尾，更像是才开始一样，让人揪着心。为了让心里痛快，我还是以女主人公被捕为结尾，作为补偿，我让男子对着载着女子的警车喊——我会一直等你。我觉得这句话很不错，可看起来"火腿君"并不认为这个结局圆满。虽然如此，他在信中也明确表达了欣喜。

"一定还会有新作吧。我是你的头号粉丝,期待你的新作啊。"

"火腿君"是我的粉丝。在这之前,我曾心中不安,不知"火腿君"到底看中了我什么。或许是一直在乡下埋头读书,才没机会接近女生,时常借书给我,才对我产生了兴趣。大学里有那么多漂亮聪明的女生,他该不会已经对当初那个奇怪的约定后悔不已了吧。可当他夸奖我的小说时,我心中的不安也随之消散,心中涌现出一种奇妙的自信。能用故事的力量让"火腿君"心跳加速的女性,除了女作家,在他身边的只有我一人。

第二篇,第三篇,我一有空就写小说,高一到高三一直没停笔。其结果就是,我在学校的成绩惨不忍睹。"火腿君"要是看到我的数理科目成绩肯定要晕倒,国语也没好到哪儿去,虽然现代文部分成绩尚可,可古典部分就一塌糊涂了。但父母没太生气。他们心里早有主意,想让我毕业就来店里帮忙,最终继承这家面包店。就算我和"火腿君"结婚,因为他说过还会回来,父母觉得结婚以后就让他来店里帮忙也挺好,便擅自给我们规划好了。山那边的邻镇有个面点制作的专业学校,课程为期一年,父亲给我领了一本入学指南,说,"火腿君"一年后才能回来,趁这期间去那里学习不是正好吗。我说,每天坐车往返对我来说太难了。父亲甚至同意找人帮忙在学校附近租一间便宜的公寓,允许我独自住在那边。这么一来我就不再犹豫了,决定走上这条父母安排的,或许也是"火腿君"希望我走的路。我把上专业学校的事跟"火腿君"汇报,他回信说"我期待吃到你做的面包",跟收到小说时一样支持我。在专业学校里学做面包,毕业后在"薰衣草面包坊"工作，最终嫁给"火腿君"。看来，我的人生大体上已经被幸福地规划好了。

在专业学校学习了一个月左右，我在租住的公寓收到了道代的来信。她在信中跟我汇报，说自己考入了东京一所有名的女子短期大学的国文系，还说很羡慕我能一个人生活。我刚有了点优越感，翻到信纸第二页一看顿时目瞪口呆。道代以助手和弟子的身份住进了松木流星老师家，一边上学，一边努力学习写作。她还在信中表明了决心，说老师有五个弟子，除她以外全是男生，她必须比那些男生更努力。在另一个世界、如神一般的松木流星，与在乡下小镇上和我一起生活了两年的道代，他们竟然在同一个屋檐下，而且是师徒。我心中的感觉已经超越了羡慕，唯有一个想法：她太厉害了。道代似乎变得遥不可及。这封信也许就是在松木流星家里写的，光想到这点，我拿信纸的手就颤抖了。但道代写了这么一句话：

"你也一直在写小说吧。有机会，咱们交换作品看吧。"

对方是松木老师的弟子，我哪有拿得出手的作品呢。我刚想在信中拒绝道代，又一下子停了笔。接下来的一年里要努力学做面包，应该没空写小说，毕业开始工作后就更没时间了。这么说来，今后也许不会再写小说了。这样的话，让道代读一次我的小说也好，借此让自己从小说写作中毕业。未来的女作家能读我的作品，不是我的荣幸吗？我转了念，在回信中说会寄近期的作品过去，就开始汇总高中完成的三部作品。因为写后续时要参考前面的内容,把小说寄给"火腿君"之前,我在新闻部把原稿都复印了。我紧张地在收件人一栏写上"松木流星老师 敬启",寄出这封邮件的当天,就收到了三本题为《金丝雀》的文集,标题下方印着道代之前的高中,每本文集都刊登了一篇她的短篇小说。文笔很好,但内容却没那么有意思,让我有些失望,但又想,真想当作家的话,还是得先练习如何写文章,像自己这样写长篇小说想到哪儿写到哪儿的门外汉,才当真是可笑。自己"嘿嘿"笑过之后,却不知怎么开始抹眼泪。说实话,我真的太羡慕道代了。

专业学校旁边有家书店,我把写作的时间都用在了读书上,无论什么书,想读就能读得到,这样的生活真的很奢侈。特别是松木流星的作品,在拍成电影后特别畅销,每次去书店,最显眼的地方摆的都是他的书。其间,将入夏的一天,我收到"火腿君"的信,他说暑假要回来参加考试,应聘母校京成高中的理科老师。三年了,终于要见到他了。我坐立不安,觉得自己现在这副模样可不行,便去做了头发,买了条新连衣裙。想着他也许会来我的住处,就把犄角旮旯全都打扫了一遍,还买了漂亮花布缝了坐垫套,用学校的操作台烤了面包。"火腿君"的火车都快到了,我还在跑来跑去,忙这忙那。

也许"火腿君"一露面,我马上就会不顾一切地朝他跑过去。我这么想着,傍晚,刚在火车站检票口前站定,就有个白白瘦瘦的人走了出来。是"火腿君"!我往前迈出两步,又停下了脚步。像他又不太像,体型相似,但长相……"火腿君"是这个长相吗?

我心里这么想，目光追随着那个人，突然听见背后一声："嘿！我在这儿呢！"我扭头一看，确实是"火腿君"，但和我印象中的他完全不一样，站在那里的是个肤色微黑、肩宽膀圆的男性。

"在北海道也会晒黑啊？"

我连"你回来啦"都没说，开口就先说了这么一句。"火腿君"笑了，告诉我北海道也有夏天，但不像这边的盆地那般潮热。我问背着大双肩包的"火腿君"是不是现在就坐公交车回去。他说想看看我住的地方，我就带他去了我的公寓。我既庆幸自己提前打扫了房间，又觉得难为情，怕他以为独居的我早就做好了迎接他的准备，心里后悔着，要是把暑期作业什么的摊在桌子上就好了。房间有四席半，带厨房，我以前从没觉得这间屋子小，但"火腿君"往桌子对面一坐，就感觉两个人被关进了一个小匣子，连自己"咚咚"的心跳声都怕被他听到。"火腿君"从双肩包的兜里拿出一个小盒子递给我，说是给我带的礼物。我打开一看，里面放着一枚铃兰形状的银质胸针。

"我可不是想用这个毒害你啊。"

"火腿君"说完笑了，问我有没有新作品。我摇摇头告诉他，专业学校的课程安排得很满，没时间写小说了。他说那就等不忙时再写。我先说了个借口，告诉他家里有炖菜，说是之前想到有可能一起吃晚饭，就多做了点。看到我端出来的炖菜，和比炖菜更像主角的火腿蛋卷，他开心得不得了，边吃边夸好吃，连吃了两个。看着吃火腿蛋卷的"火腿君"，我重新认识到，初中时第一次跟比自己大三岁的高中生聊天就叫人家"火腿君"真是太失礼了。他为什么会选择我呢，这个问题一直困扰着我。终于，我鼓起勇气开口问他，他回答说喜欢我的脸，这个答案让我目瞪口呆。我这张脸再普通不过了，究竟哪点儿好啊。

"你总在不经意间凝望远方，我喜欢你那时的脸，丝毫没有被困在乡下的悲壮感。你的脸上满是梦想和期待，让人不禁想去窥探在你的眼中和脑海中到底能看到什么。你从没意识到这一点吗？"

我完全没有意识到。照镜子时从没觉得自己的脸像他说的那样，朋友和父母倒是常说我在发呆，像火腿君这么形容我的却一个也没有。

"我也想看看你头脑中描绘的画面。有了这个想法，带你出去时，你看见什么都很开心。那时我就想，以后要带你去看更多的风景。"

我知道"火腿君"带我去山那边的原因了。

"可我晕车，还总在修学旅行的前一天发烧，你带我出去会给你添麻烦。"

"别担心。可以去医院开晕车药，不管用的话就开助眠药，你在车上睡觉就行。要走路的话我背你。这根本算不上添麻烦。我一直在建筑工地打工，你这么轻没问题。你睁眼时，咱们已经到达目的地了，我想看你那时的表情。"

"……没准儿那时我正想着杀人事件呢。"

"那我更欢迎。"

曾带我去山那边的"火腿君"也会带我去下一个山那边，再下一个山那边。在许多座山的那边，肯定会有海。他也会带我去海的对岸吧。

"那，以后有机会，带我去北海道吧。"

我伸出小拇指，"火腿君"说"一定"，伸出指头勾住了我的小指。

那一夜，"火腿君"没有乘公交车离开。

春天来了，"火腿君"和我都回到了出生、成长的小镇。他如约来我家拜访，正式向我父母提亲，就等九月份我满二十岁举行婚礼了。在此之前，我们都在各自的父母家生活，我在"薰衣草烘焙坊"跟父亲一起做面包，"火腿君"买了一辆二手车，翻山越岭，开车往返于家与京成高中之间。每天清晨上班前，"火腿君"都会来面包店，我递给他刚出炉的火腿三明治和火腿蛋卷，跟他说路上小心，目送他离开。这已成了每日惯例。"火腿君"下班后有时会买书给我，我的生活并未完全与推理小说诀别，但对我来说，小说只是用来读的。松木流星依然是神，我把小说寄给道代后，她也只回了一封短信说有意思，之后就渐渐疏远了。可在临近夏天时，我又收到了道代的来信。

信上先是写她从松木老师家搬出来了。老师发现她与经常出入家里的编辑谈恋爱，说不要她这个弟子了。只是她连一部长篇小说都没写完过，觉得自己才能有限，又不知怎么跟老师说才去找编辑商量，那期间两人在一起了，所以被逐出师门也没觉得太遗憾。虽然不是弟子了，但作为助手，在有人接替之前必须要照顾老师的工作和起居，她提议让我去，信上还说她已经把我的作品拿给松木老师看了。

"松木老师对《凌晨三点的茶话会》大加赞赏，说稍微修改几处就能直接出版了。他不仅想让你当助手，还想招你为弟子。虽然我不甘心，但绘美你真的很有才能。机会难得，为了成为一名专业的女作家，你也一定要好好考虑。我静候佳音。"

我心想这不是做梦吧，信里写的内容都没看进去，便又翻来覆去看了好几遍。松木流星要收我为弟子，而且《凌晨三点的茶话会》有可能出版。我写的字将会成为铅字，出版成书，摆在全日本的书店里。我要成为作家了……我心中热血沸腾，恨不得马上收拾行李飞奔过去。可这股热情又一下子冷却下来。我哪儿能去得了东京呢。我就要和"火腿君"结婚了，还有面包店的工作。可是……热情无法轻易消退。我真的希望自己的书问世，哪怕只有一本，一本就好。只出一本的话，"火腿君"也会同意吧。他会等我回来结婚吧。我想去求求他，让他等我三年，允许我去追梦。

但"火腿君"没有同意。我不知道该怎么跟他说，就让他来二楼我的房间，把道代的信给他看了。我跪着，低头求他，希望他能给我三年时间，让我出版一本自己的书，一本就行。他却回答"你别说傻话了"，声音虽平静却夹杂着愤怒。我深深弯腰求他，额头都快碰到榻榻米了，他还是没松口。他没有不容分说地否定，而是让我抬起头，就像学校的老师教育学生那样跟我说：

"我反对，不是不想让你出书，是因为这件事不可信。松木流星喜好女色，这人尽皆知。闲言碎语不绝于耳，连他自己都说能写出有意思小说的原动力在于女人。据说和他扯上关系的女人全跟他上床了,我能眼睁睁看着你羊入虎口吗?你写的故事确实挺有意思,但要问我愿不愿意花钱买来看,我说句不好听的话,还没达到那个水平。道代推荐你去接班,难道不是因为想早点把自己解放出来吗?原本,弟子和编辑谈恋爱,为什么就得被逐出师门呢?难道不是因为他们俩有另一层关系,松木才会这么生气吗?说句极端点的话,你是不是觉得如果书能出版,就算对松木流星投怀送抱也行啊。你要是那么想当作家,就去吧。但你要知道,我不会等你。"

我甚至连自己在伤心什么都不知道了,泪如泉涌,止不住呜咽,拼命地哭个不停。连父母都听到了动静,上来问发生了什么事。"火腿君"问我是否可以把信给我父母看。到这个地步,我还在期待父母能够理解,轻轻点头同意了。

"非常抱歉,这件事我不能同意。"

"火腿君"说着,把信递给父亲。不一会儿,父亲大声喝道:"别给我想这些傻事了!你哪儿能当什么作家!这种连小孩子都不信的话你竟然当真!你还求公一郎让你去吗?这个混账!"

我背上挨了父亲一脚,"火腿君"和母亲连忙拉架。母亲跟"火腿君"说了好多遍"对不住了"。她是因为父亲发火而道歉,还是因为有这么个傻女儿而道歉呢。我猜肯定是后者。父母读都没读过我的作品,就妄下结论。

"算了。"

口中自然地说出这个词,却不知什么事算了。算了吧,我又重复了一遍，真的觉得一切都无所谓了。都算了！我撕心裂肺地大叫出来，梦话随之烟消云散了。我再次转身向"火腿君"道歉，之后拿着信走进厨房，用炉灶的火把它引燃了。我捏着燃着的信，久久没有松手，直到"火腿君"攥着我的胳膊伸到水龙头底下，果断拧开水龙头，黑色的炭灰随着湍急的水流一起被吸进昏暗的下水口。看着这些，我大哭出声，"火腿君"温柔地抱住了我。

做面包，目送"火腿君"出门，第二天早上的生活一如既往。"火腿君"临出门时跟我说"今天一起吃晚饭吧"，我回答"我会做好吃的炖菜等你回来"。他让我伸出小指，和我拉钩后才走。在操作台，父亲和我不停地各做各的面包，一句话都没说。算了吧，我脑中重复着这句话，不停地揉着柔软的白色面团。

几天后的一个下午，母亲让我帮忙送东西。我停下手头的工作，准备三点出门。她说让我先换衣服再去，我换上去年买的连衣裙，打开首饰盒……"火腿君"送我的铃兰胸针一下子跃入眼帘。难得有人把我比作花，我却想着用这花的毒去杀人。我明明没喝过酒，当想到哄骗对方这是铃兰花酒，让他掺在威士忌酒里喝这个方法时，那种茅塞顿开的感觉简直太痛快了。松木流星看到这个手法时是怎么想的呢？他也许会一笑置之，说："你啊，这种伎俩连小孩子都骗不了嘛。"就算被他这么说也行，能见一面，说上一句话就行，想听他评价一下我的作品。松木流星原本就不知道我长什么样，不是吗？他不知我长相美丑，却说要收作弟子，我可以把这看作是对我作品的认可吧。"火腿君"也许会带我去山的那边，海的对岸，但他不会让我看到天空彼方的世界。就让我痛快地做一次梦吧，让我期盼着美梦成真吧。这个机会只在当下了。

我把铃兰胸针别在衣服上，把存折和印章放进手提包，离开了家。跟母亲说了声"我走了"，把小包裹送到地方后，我直接在最近的公交站上了车。我打开车窗，感觉空气流到了头脑深处，边吸气边强忍呕吐感，总算坚持到火车站前的那站，自己还能走下车。为了赶走呕吐感，我反复深呼吸，两手攥拳捶了捶脸颊，刚要往售票处走……

"火腿君"站在那里。就好像，他早就知道了我要来。

　　故事没了下文。也许是让读者自己去想象结尾。虽然在烦琐的日常生活中无暇去想象，可对旅途中的人来说，没有结尾的故事或许是最合适的旅伴。

回过去，到未来　——

午夜零点三十分,船出港了。

日本海之翼邮轮"向日葵号"(全长两百二十四点五米,总吨位为一万六千八百一十吨,航海速度为每小时三十点五海里)满载着大约七百名乘客和货车、轿车、摩托车从舞鹤港出发,驶向小樽港。

到港时间预计为晚上八点四十五分,要在海上度过漫长的二十小时十五分钟。但上次乘船花了三十个小时,这次能比上次缩短十个小时,我觉得已经是很大的进步了。二十年的时光看似转瞬即逝,可实际上,点滴变化日积月累,不知不觉间改变了事物的模样。

我记得上次到港时间是早上六点左右。船停稳后,我走上甲板,天色微明,我看了日出后才下船。当时十五岁的我看到海上日出,觉得自己和太阳都与同一片海相连,不禁沉浸在自己的想象中：若是一直朝着海平线前进，不就能追上太阳了吗？

三十五岁的我会有什么样的感觉呢？这次要看海上日出的话，四个小时后就得起床。虽然有机会看日出，但登岸时的心情应该与上次完全不同吧。

在见证新一天到来的时刻踏上北方的大地，开始旅行，让我感觉像是走进了另一个世界。

家里的床上还熟睡着另一个我吧。存在于日常世界中的那个我，早上七点被妈妈叫醒，抱怨着"一大早天就这么热啊"，去图书馆复习备考。把所有烦心事都交给她就行了。这样幻想的同时，我忘记了现实，完全沉浸在旅行的世界中。

我的心情还会和那时一样吗，会觉得当初想象力丰富的自己很可爱吗？到岸时间不同，没法亲身体会了。虽然有些遗憾，可日落之后的北方大地又会是怎样的景象呢，我同样期待。

还要早起看日出，我也早点睡下吧。

上次是十来个人在铺着榻榻米的通铺间席地而睡，这次是有床的单间。虽然我想尽可能重温二十年前的旅行，但考虑到同行的人很柔弱，也考虑到自己的身体，还是需要确保良好的休息环境。这是隆一提出的条件，我一定得遵守。

单间还有个好处，就是开灯写日记时不用担心影响别人。我旅行过很多次，却是头一次写日记。以前的感想都留在记忆中了。但这一次，我一定要认真用文字记录下来。还有视频和照片，一定要尽量多拍一些。

因为，这是和新家庭成员的第一次旅行……

家庭分为两种，一种是养育自己的家庭，另一种是自己创造的家庭。

二十年前的那次海上之旅属于前者，父母和我一家三口去旅行。

自懂事时起，我和父亲在一起的时间就很少。父母都在电视台工作，父亲在东京，母亲在大阪。父亲在东京单身赴任，我和母亲一起生活。父亲隔三个月回一次大阪的家，住个三五天，这还算间隔短的，间隔长时半年都见不到他一面。

我那时认为父亲都是这样的，没觉得孤单。母亲常告诉我"这是你爸爸策划的节目哟"，让我认识到了他的存在，这也是我不觉孤单的原因之一吧。上小学能认字之后，就盼着能在片尾字幕里找到父亲的名字。那些给大人看的电视剧内容我完全不懂，但还是揉着惺忪睡眼，坚持看到最后。

就算妈妈说可以先录下来，我还是觉得不一样，直播时看到父亲的名字，就像直接见到了父亲本人，录下来的话就只是父亲的照片了。

母亲听我这么说，以为我是太想念父亲了，就跟父亲联系，让他回来看我，就算当天往返也行。当父亲抱着大大的公仔熊，并且把自己也装扮成大眼睛公仔熊的样子来看我时，我想的却是"我不是这个意思"，心里觉得十分对不起他。

也许对于幼年时的我来说，父亲不是活生生的人，而是"笹部利朗"这几个字。直到初三的夏天之后，想起父亲时，浮现在脑中的文字才变成了人。

——咱们要去北海道了!

三个月没见的父亲回到家,这么说……

闹钟刚一响,我就抓起放在枕边的手机,坐了起来。

我借着小灯泡的光,打开手机确认时间,是四点三十分,却不知道按哪个键才能关掉闹钟。

如果隆一看到这个情景,肯定会苦笑。结婚两年,每天早上,不管我的闹钟多响,先起床的肯定是隆一,我从没自己关过闹钟。隆一关掉闹钟,然后再把我摇醒,这是日常世界中的习惯。

但刚才起床时却没太费劲,也许潜意识中知道没人叫自己起床了。不对,在旅行的世界中我总能起得很早,以前也是这样。

或许我根本就没睡着。感觉是做梦梦见了父亲,其实也许是因为闭着眼睛时,头脑深处一直隐约想着父亲的事。我随便按了个键,闹钟就不响了。

我开始换衣服。时值七月,日本海上的空气却还是凉飕飕的,只穿一件半袖去甲板会冻得发抖。我穿上半袖T恤,棉布长裙,又套上一双厚袜子,披了件冬天的针织卫衣,确认下单肩包里的物品,就把包斜挎在肩上,走出了房间。

船头和船尾各有一处甲板。看日出当然要选船头了。

我的房间在四层,甲板在五层,我又上了一层楼梯,推开沉重的舱门走出去。东方的天空已微微泛白。风很大。甲板上虽有几处光亮,但越往船头走灯光越暗。我扶着栏杆慢慢挪步以防跌倒,到能看见东边海平线的地方一看,这里人多得两手都数不过来了。

大家的目的应该都相同。在日常世界,日出是很常见的现象,除了正月,平时都意识不到;可在旅行的世界中,即使是很平常的现象,只要与未知的景色和不一般的心情相结合,就变得新鲜而特别了。

没想到看日出要花这么长时间。如果想看到漆黑的天空慢慢变白,夏天的话得从凌晨三点开始等。但要是想看太阳完全升起,那之后还要花近两个小时。

我怕着凉才选在太阳快升起的时间来看,可能好多人早就出来等了。一群大学生模样的年轻人们占据了甲板中央的位置,地上散落着点心包装和空啤酒罐,貌似是聚会刚结束。年轻、健康、志同道合的朋友们相聚一堂,是让漫长的等待也能成为开心时光的要素之一。

好像还要等一会儿,有没有能踏实地坐下来等的地方呢?

"您坐这儿吧。"

我刚环视甲板,一个全身穿彪马运动服、初中生模样的女孩子就开口了。她背靠栏杆,面朝里坐着,稍微往右挪了挪,给我空出了一个位置。

"那,我就不客气啦。"

一坐下,就感觉屁股底下热乎乎的。

"你在这儿等多久了?"

"从三点半左右开始等的,好像是。"

"一个人？"

她旁边是个二十五六岁的男子，和另一侧的女性并肩而坐，看起来很亲热。这个女孩子应该不是和他们一起的。

"说是一个人又好像不是……哎呀，都差不多。"

她没正面回答。看她一直都笑眯眯的，我觉得不像有什么大事。但有可能是离家出走……说起来，要是对旅途中遇到的人刨根问底，就不合规矩了。

"您呢……姐姐您呢？不对，这么叫也有点……"

"我叫智子。"

看她像是对怎么称呼我有些为难，我先报上了名字。

"我叫阿萌，智子姐是一个人旅行吗？"

"不是，是两个人。"

"和您丈夫吗？"

戴戒指的手一直揣在兜里，阿萌能判断出我结了婚，说明虽然天没大亮，她还是能注意到我微微隆起的腹部，所以才把一大早占的地方挤出了一部分，还把捂暖的位置让给了我。

"不是啊，丈夫没在这艘船上。和我一起的啊，是这孩子。"

我从兜里伸出手，轻轻地抚摸着肚子。

"原来如此，'两个人'是这么回事啊。是怕生完孩子很辛苦，趁现在再讴歌一下自由吗？"

这话像是怀过孕的人说的。

"你身边有这样的人吗？"

"表姐半年前生了宝宝。她一直抱怨，原以为怀孕时最辛苦，结果孩子一生下来,整天都得照顾宝宝,其他什么都干不了。还说,平时最喜欢看电影,生完孩子一时半会儿也看不上了。早知道这样,怀孕时多去电影院看几场就好了。"

"生完孩子会变成那样啊。"

"啊,也没那么极端。"

阿萌急忙补充。她说表姐一天到晚给小婴儿摄像,还说要在他结婚典礼上放映,连几十年后的事情都想好了。身边的人都惊呆了。

我听着阿萌的话,只觉得羡慕。

"可是啊,我也许比你表姐更胜一筹呢。你看,她在我肚子里时,我就开始给她录像了。上船之前我也支上三脚架,站在'向日葵号'这几个字前对着镜头说,我们要去北海道啦。等日出时我也要好好拍下来。"

我打断阿萌的话,从包里掏出摄像机,装上三脚架,确认海平线的位置之后,按下了录像按钮,又坐了下来。

"等孩子长大,你们一起看视频时一定会很开心。"

是啊——我笑着回答。

像是水珠滴落在蓝色颜料上一般,天空渐渐明亮起来。海平线上还有一层薄薄的云,随着天空越来越亮,云也渐渐升高。过了一会儿,太阳还没露面,云就快消失在空中了。

坐在阿萌旁边的那对情侣,女子打了个小小的喷嚏,男子搂住了她的肩膀,像是要帮她取暖。

"您冷吗?我去自动贩卖机买罐热巧克力。您有什么想喝的吗?"

阿萌站起身来说。

"那就麻烦你帮我买罐热红茶吧,原味、牛奶味或柠檬味的都行。"

我从背包里掏出零钱包。

"您不用给我钱。"

"那不行。旅途中都是年长的人请客。"

我递给她五百日元,阿萌说了句"那就谢谢您了",就向有自动贩卖机的舱室跑去。她想看日出,又怕我冷。本来是想照顾我,却找了个借口说自己想喝巧克力。

你要是成为像阿萌那样会关心人的孩子就好了——我把手放在肚子上,肚子里的宝宝"骨碌"动了一下,好像在说"妈妈我知道啦"。

阿萌买回了牛奶红茶,把零钱一分不差地还给我。我们用罐身捂暖了双手和脸颊,两人一起拉开拉环,干杯后喝了一口,身体一下子暖和了。这热量不仅来自红茶,还来自于一道橘红色的光,那道光从海平线上"唰"地投射出来。

这是日出的信号。甲板上的人们一齐欢呼起来。

"只这一道阳光,就让人这么温暖。"

我眺望着光线自语道。是啊,阿萌回应了我。橘红色浓度不断加深,逐渐变为朱红色,加深,再加深……太阳露出了通红的一条边。大家的欢呼声更高了。我起身确认摄像机镜头是否对准了太阳的那道边。

阿萌环视了下甲板,满意地点点头。难道跟阿萌同行的人也来甲板上了？有同样的话，应该会一起看日出，分享这份感动吧。可阿萌却坐在我身边一动没动。

害羞的太阳在露出眉梢后终于鼓足勇气，就像是即将登台的主角，边向海面和天空投射出强烈的光芒，边落落大方地显露出身姿。

"我可以从镜头里看看吗？"

"请。"

我回答，眼睛一秒钟也没有离开太阳。如此美景，透过镜头看简直太浪费了，我连眼睛都不愿眨一下。这里的人应该都是这种感觉吧。太阳出现时大家会欢呼，可此时此刻都屏住了呼吸。虽然也有手机铃声和快门声响起，一部分人是为了保留这幅美景，另一部分人则是想让没在现场的人也能看到吧。

新生的光芒穿过眼球，一直暖到内心深处。

你一定要记住这份光芒——我轻轻把手放在肚子上说。

海平线之上，浑圆的太阳散发着光芒，呈现出完整的姿态。新的一天开始了……

我回到客舱的房间，确认了一下拍下的视频，写下了日记。视频中的太阳比肉眼看起来更大，颜色更鲜艳。我想起回客舱时，阿萌对我说的话。

"智子姐你摄像的技术一流啊，电视里放映的纪录片都要甘拜下风了。你专门学过摄像吗？"

我从没专门学过摄像，大学学的是经济学，后来在银行就职，只在跟父亲一起去北海道旅行时才学过怎么用照相机。

连一日游都没带我去过的父亲突然说要去北海道，这吓了我一跳。当时经济不景气，电视里总是播放知名企业裁员的新闻，我甚至怀疑父亲也被公司裁员了。

我装作不经意地问父亲，他笑着告诉我，他为这家公司连续工作了二十年，公司给他一周的特殊假期，我才放了心。我提议那就去夏威夷吧。但父亲双手合十恳求我说，还是一起去看看爸爸妈妈邂逅的地方吧。

父亲刚进公司时被分配到东京总公司的采编部门，当时得到一个消息说有个杀人凶手正潜伏在北海道，结果他刚到北海道当地就得了流感。后来赶过去支援他的人，就是大阪分公司采编部门的妈妈。

——案件十分惨烈，凶手自杀，最后找到的是一具尸体，这是最坏的结局。可环绕其四周的风景却如此美艳而壮丽，就像在述说这人世间的恩怨都与其无关似的。当时我还想着，下次一定要专程过来旅游，可时间一晃就是十七年哪。

——那您跟妈妈两个人去就行了。我这么大了，一个人看家也没问题，而且我还得准备考试呢。

我本来是想提醒父亲，可刚说完就被父亲驳回了。

——别说傻话。我是想带智子你去看看那片景色。

去时选择乘渡轮，是因为父母结婚时曾约定，有机会要两人一起乘豪华渡轮去旅行。日本海之翼客船虽然称不上豪华，但母亲提议说难得有机会，一定要感受一下。

就这样，二十年前的夏天，我们一家三口从舞鹤港出发，乘日本海之翼"新向日葵号"，开启了北海道之旅。遗憾的是，那艘客船现在已经停运了，我才预约了只比当时少了一个"新"字的"向日葵号"。

虽说是"专程旅游"，不是去工作，父亲还是最先把摄像机放进了包里。当时的摄像机不像现在这么小巧，得双手才能操作。可他还是一直挎在肩上，要是看到心仪的景色，就让我举着摄像机，跟我一起看着镜头，告诉我如何去拍摄。

用我的手把父亲眼中的影像拍下来，在这个过程中，我学会了摄像的技巧。但父亲这么做的目的，并非单纯想教我如何使用摄像机。

他是为了保留下这些父女同享感动的时刻。

我在小卖店买了三明治和果蔬汁，又回到船头的甲板上。

渡轮上有一家大餐厅，但天气这么好，我想边吃早饭边看海景。甲板上摆着许多简易圆桌和椅子，我找了个空位坐下，开始吃早点。

可能大部分人看完日出又回去睡觉了，甲板上没有什么人。海平线正上方的太阳已经快升到穹顶。阳光强烈，刚才的寒冷就如同谎言。就算看到的景色只有日本海和天空，也能让人有夏天的感觉。我卷起卫衣袖子还是觉得热，若是脱掉外衣只穿一件半袖T恤，又嫌风太大。

在这情景下吃早餐实在谈不上优雅，但坐在蓝天之下，食欲倍增，这顿早餐吃得很舒服。

我想换件开衫，就回到了舱室。

一直放在床边的手机正在闪烁，是隆一发来的邮件。

"身体状况怎么样？"

"我和宝宝都很好。"我回复。

我把手机和日记本放进挎包，走出了房间。这次去了船尾的甲板。这里虽然也摆着几张长椅，却空无一人。我面朝大海，在正中央的长椅上落座，感觉这里就像是只为我一人准备的专座。

渡轮喷出的泡沫在青色海面上形成了一道白色纹路。隆一回复了。

"代我跟小家伙问好。"

隆一管宝宝叫小家伙。我叫她宝宝。还能这么叫多久呢？超声波检查时知道了是女孩，名字还没定。两个人想了好几个备选，却没挑出最中意的，在确定名字之前，就依照各自的喜好称呼她了。

可我希望能早点用名字称呼她。

我有一种预感，在这次的旅行中，也许就能想到一个最好的名字，但问题很快就来了。看日出时我想着叫她"晓子"，在眺望一望无际而沉稳深邃的碧海时，我又觉得与大海相关的名字也不错，又想取"绀碧"的"碧"字。还没踏上北海道这片土地，就已经想出好多个备选了。

若是看到小樽的夜景，看到富良野和美瑛的花海，看到道东的湖水……

要从中选择其一，能挑得出来吗？

"咦，智子姐。"

我回头一看，站在那里的是阿萌。

"啊，早……已经问过早了啊。"

"您不困吗？"

阿萌边问边神清气爽地朝我走来。

"我平时挺爱睡懒觉，可一旦醒来，就睡不着了。"

我边回答边把摊在膝头的笔记本合上，从长椅正中间往边上挪了挪，示意她过来坐。阿萌说着"打扰了"，坐在了我旁边。

"我也一样。可在船上没事儿干啊。智子姐在这儿干什么呢？"

"看看海，写写日记。"

我指了指腿上的笔记本。

"真厉害，不光摄像，还用文字来记录旅行啊。"

"用'记录'这个词真是不敢当。记的都是一些简单的事，比如看了日出、早饭吃了什么之类的。像阿萌你这么大的女生，会把这些事用手机发给朋友吧。"

"我啊……最怕麻烦。手机倒是有，一直扔在包里。"

我一直以为，十几岁的孩子都是一天到晚手机不离身呢，原来也有不这样的。刚才一瞬间，阿萌的脸上似乎闪过一丝阴云。我装作没注意，这么解释道：

"这么做才对嘛。难得出来旅行，跟日常生活联系的话，就没法完全进入旅行的状态了。"

"是呢……可是，智子姐您老公心可真宽。"

"为什么这么说啊?"

"老婆有身孕,还同意她独自旅行。啊,不是独自一人。我表姐是奉子成婚,连新婚旅行都没去。您怀着孕没事儿吗?"

隆一当然没那么干脆地答应。

"已经进入稳定期了,也问过医生,说可以,所以没关系。而且,和宝宝两人的旅行,算上乘船的时间一共也就三天。"

"不会是直接再坐船回去吧?"

"不是,是去和我丈夫会合。今晚到了小樽,住一晚,明天从札幌去富良野,后天在旭川的酒店跟他碰头。之后我们一起去道东,在那儿住三天,最后从带广乘飞机回家。"

"这么说,是想在一次旅行中享受两种乐趣?"

"我丈夫因为工作关系没有那么多假期,跟我说往返都乘飞机,可我太想乘船了,就百般恳求,他没办法才松了口。这才有了这次的旅行。"

"但我还是能理解您。"

"谢谢。"

她夸了我这么多,我不禁开始好奇阿萌的父母,尤其是父亲,他会是个什么样的人呢。能否询问她的年龄,能否询问她旅行的目的和线路呢?或许,她正等着我问也说不定。

我感到腋下都是冷汗。

"抱歉。可能是一直待在背阴的地方,我觉得有点儿冷,咱们换个地方行吗?"

"行啊,船头那边的甲板阳光充足,也有很多座位,最主要的是氛围好。"

阿萌站起来。我用一只手拄着长椅,吃力地起身……一瞬间眼前漆黑一片,感觉大脑被抽空了一样,又瘫坐在长椅上。我闭上眼,调整呼吸,又慢慢睁开眼。

"您没事吧?"

"应该是贫血。怀孕经常会这样,不用担心。我也带着药,回房间躺一会儿就没事了。"

"那,我送您回房间。"

阿萌帮我拿着包,我一手扶墙,走回了房间。如果和我在一起的是隆一,他没准会叫来急救直升机,强行中断旅行。可我想让宝宝看的,远不止是渡轮上的海景。

到岸前,我还是好好休息一下吧。

阿萌说去给我买饮料和零食,我拜托她再帮我买一本书。出发前,我觉得在家也能看书,没必要非在旅游时看。所以一本书都没带。要是得在床上躺半天,我还是愿意看看书。

去小卖店买早饭时,我注意到店里摆着好几本松木流星的短篇集。他是活跃在昭和中期的推理小说家,可我一跟阿萌说她马上就反应过来了。两小时剧场[①]打着"松木流星悬案"的旗号,直到现在每年还会播放两三部作品。今年是他逝世三十周年,连

[①]两小时剧场是日本电视剧的一种播放形式。播出时间一般是从晚九点到十一点,面向中老年人。内容主要为悬疑推理,基本在固定的频道播出。

文库本①也做了书封,摆在书架显眼的位置。他是位超越了时代的人气作家。

我从初中开始读松木流星的作品。因为父亲当时负责几部松木作品的制片。

——新上任的葛城警官的父亲在巡查时死去,他从父亲生前的话中获得线索,去追踪凶手。这部分内容明明挺有意思,怎么冒出来个原作从没提到过的葛城警官的恋人,没费多大力气就发现线索了呢?太奇怪了。

不常见面的女儿一见面就对作品这样评价,对此,父亲边喝酒边说"大人的事,好多都是身不由己",一听而过。可后来妈妈告诉我,其实父亲也不愿轻易让步。我对作品的看法跟他一样,他很是欣喜。

他经常说:"我必须要做出能让智子认同的作品。"

阿萌回来了。

她说"让您久等了",把装着运动饮料和饭团的塑料袋放在床边,然后递给我文库本。

"短篇集可以吧?"

"嗯。长篇的话半天时间看不完,用眼过度也不好,短篇正好。小卖店人挺多吧?"

我注意到阿萌去的时间有点长,只买这两样东西用不了那么久。

---

①文库本是日本出版物的形式之一,是以普及为目的的小型书,尺寸为A6大小,便于携带,价格较便宜。

"没多少人。我是回房间取了趟东西。"

阿萌拉开外衣拉链,从怀里掏出一个A4纸大小的牛皮纸信封。

"这个,您有时间时读一下吧。"

我接过来往里一看,里面放着一沓纸,大概二十多张。横版的A4打印纸中央印着"天空的彼方"几个字,右侧用黑线装订。随手一翻,能看到上面密密麻麻印着竖版文字。

"小说?"

"是的。"

"阿萌你写的吗?"

"怎么会……表姐给我的。啊,但肯定也不是表姐写的。不知道为什么,我想让智子姐看看,就拿来了。"

"为什么想让我看呢?"

"因为里面提到了松木流星……您不想看吗?"

"想看,好像挺有意思的。可不知道到小樽之前能不能看完。"

"您不用还我。要是觉得带着是个负担,看完就扔了也行……可要是您觉得有意思,就再传递给别人。"

既然这样,我决定收下这部短篇小说。我再次对从早上就一直照顾我的阿萌道谢,她却说了句"别说这些啦",就嗖的一下跑出了房间。我没追出去,但心想,要是下船之前能再见一次面就好了。

我把文库本放在床边,把枕头竖起来,找了个舒服的读书姿势,开始读《天空的彼方》。

主人公绘美住在一座山间小镇上。父母开面包店，一年到头都没空休息，绘美从没出过小镇，她每天都在想象山那边的世界。有一次绘美听了转校生道代的劝告开始写小说。道代觉得绘美的小说很有意思，可绘美做梦也没想过自己能成为一名小说家。不久道代转学，送给绘美三本横沟正史的小说。绘美邂逅了推理小说，又邂逅了"火腿君"。在与"火腿君"相隔两地时，绘美一直在写推理小说寄给他。绘美把小说寄给成为松木流星弟子的道代时，道代回信说松木很认可绘美的才华，想让她来东京收她为徒。这虽然是件天大的好事，可为时已晚，绘美已经和"火腿君"订婚了。绘美恳求"火腿君"等她三年，却没有得到"火腿君"的理解，连绘美的父母也站在"火腿君"那边。但绘美太想去看看天空那边的世界了，就瞒着所有人去了火车站，却在那里看见了"火腿君"的身影。

故事到这里就结束了，可我就是觉得它没写完，往信封里瞅了一眼也没有脱落的纸张。这篇小说是没写完，还是把结尾留给读者去想象呢？

刚读时我还想可能是阿萌写的，但读了几行就觉得不像。这篇文章用的是旧时的文体，年代设定也较早。松木流星活跃的时代应该是在四五十年前了吧。还有，这内容是想象还是纪实呢。总之，故事讲的是我不熟悉的年代和我不认识的人们。

可让我在意的是，绘美后来怎么样了。

要是把绘美换成自己，隆一会怎么做呢？

如果我是绘美，我希望他放我离开，让我乘火车去东京。在人的一生中，实现梦想的机会并非随处可见，更何况能拜松木流星为师。不过，这才正是问题所在吧。

"火腿君"制止绘美的理由，我也能理解。我读过松木流星回忆录，当时的编辑和作家朋友都异口同声地说"松木流星是当代最好女色的人"。阻止自己心爱的人到那种人的身边去，也是理所当然。

若是隆一，肯定也会反对。我上学时去国外穷游，住过男女混住的旅店，都是十多年前的事了。隆一听我说起时，还语重心长地教育了我一通，说我"毫无戒心"。在火车站被他抓到的话，他肯定会五花大绑把我带回家，直到我回心转意为止。这么说虽有点夸张，但他肯定不会允许。

绘美要是男人就好了，可我不想往那个方向想。那……

要是绘美有病呢。

绘美晕车晕得很厉害，可似乎没什么大病。就算成为小说家的梦想破灭，也能和温柔的"火腿君"结婚，继续在镇上人人都喜爱的面包店里和父母一起做好吃的面包，过幸福的生活。

就算被"火腿君"硬拽回家，短时期内她可能会哭着想象天空的彼方，可能会怨恨"火腿君"。但是边烤面包，边与"火腿君"过日子，那个念头就会逐渐变淡。她会觉得这也挺好，终有一天，会将自己之前的坚持视作笑谈。

要是有了孩子，就会更知足。一个人时幸福只是自己的，一旦身体里住进了另一个小生命，幸福就会转移到孩子身上。

那时要是去了东京，也许就没有这个孩子了。没有这孩子的人生无法想象。要拿孩子做交换的话，就算让我成为畅销书作家我也断然不会同意。

绘美会这么想的，也许还会感谢"火腿君"的决定呢。

如果相信未来还会持续几十年，我希望选择安稳幸福的人生。可要是绘美的有生之年所剩无几……

"火腿君"会不会放手让绘美去做她喜欢的事呢？特别是小说这种能成为纪念的东西，他也一定希望绘美的小说出版，作为她曾活在这世上的证据吧。

就算梦想无法实现，也不愿让所爱的人空留遗恨，想让她做所有自己想做的事，在临终前得到满足。就算这个想法中包含了生者的自我意识，能这么想的也只有家人。

去北海道旅行那年的年底，父亲停止了呼吸。他患直肠癌去世了。

父亲突然说要去北海道旅行，是因为被医生宣告只剩半年的生命了。直到父亲去世前一个月我才知道。那之前父亲一直在外工作，我从没想到父亲会患这么重的病。

父亲从北海道回来后，像往常一样，并没有回大阪的家，在身体状况允许时一直坚持从事制片工作。因为父亲一直以这份工作为荣。

和绘美一样，父亲出生、成长的地方也是一座山间小镇。家里务农，好像从没带他出去旅行过。这也是他与绘美的共同之处。

对于父亲而言，单调生活中最大的娱乐方式莫过于看电视了。所有节目中他最喜欢刑侦剧。在悠然的小镇生活中，所谓的大事都是些邻居夫妇吵架和学校里闯进了野猪之类的乡村轶事。

日常生活中没有任何激动人心的事件发生，可只要按下开关，小匣子里就会出现另一个完全不同的世界。飙车时发生的爆炸，肉搏和枪战，或是心理战和卧底战；友情，爱情，信任；受害者，犯人；殉职。

手心捏一把汗，心脏怦怦直跳地看完另一个世界里发生的事。在兴奋的同时，又觉得幸亏自己生活在这么安宁的环境，开始逐渐喜欢上自己的日常生活了。

而且，全日本的人都很喜欢小匣子里的世界，无论乡村还是城市，山间或是海边。身处各地、从未谋面的人们在每周的同一个时间，分享同一个世界的故事。父亲由此认识到了自己是和广阔世界相联系的。

于是他有了一个梦想，他希望自己也能创造出一个世界，与千千万万的人分享。

父亲实现了梦想，他想把它持续到临终那一刻。母亲一直知道父亲的病情，曾多次想让父亲辞掉工作，一家三口过几天平静的日子，哪怕能多一天也好。

但这是母亲自己的心愿，不是父亲的。母亲不想让父亲留遗憾。为了让父亲在临终时觉得此生无憾，她决定竭尽所能去支持他。就算她自己会孤单。

我觉得母亲的决定是正确的。母亲每次想起父亲时，都会说要是多让他做点喜欢的事就好了，她从未后悔自己的决定。也正因为如此，在我的回忆里，父亲总是一副开心的模样。

父亲的最后一部作品是松木流星的原作。时代设定换成了现代，在尊重原作的基础上，打乱结构重新编排，这部作品没有任何能让我挑出毛病的地方。

片尾字幕中滑过父亲的名字，但我读到的不是文字，而是他在北海道和我一起看镜头时的样子。

"怎么样，有意思吧？"

他的音容笑貌，全部存留我心。

我希望，就算绘美没有生病，"火腿君"也能意识到还有这个选项。我决定为《天空的彼方》续写这样的结尾。

虽然当天绘美被带回了家，可后来她得到了"火腿君"的理解，可以去东京了。"火腿君"想通了，他想让绘美实现自己的梦想。就算时间短也要每天联络；事先跟松木流星说好并书面约定，助理的工作只到晚上九点，不住他家，在附近租间公寓。"火腿君"提了以上这些条件，绘美向他保证一定会遵守。

"火腿君"对即将踏上旅行的世界的绘美说：

"尽力去做，不要让自己后悔。但我希望你记住一点，你随时都有归宿。"

手机闹铃响了。读完《天空的彼方》已经三个小时了。无论在日常世界中还是在旅行的世界中，午睡后醒得都比较容易。

现在是傍晚六点。在到达小樽港之前，我也许应该再躺会儿，可是还有想看的景色，也觉得有点饿了。我走出房间，先去小卖店买了泡面，再到茶水间接了水。

我端着泡面去了船尾的甲板。这里和中午时一样，长椅都空着。我坐在正中央的长椅上，把泡面的盖子掀开，掰开了一次性筷子。

考虑到肚子里的宝宝，晚饭还是应该在餐厅吃些有营养的东西。等到了小樽咱们再吃顿好的吧——我边跟宝宝道歉，边吸溜泡面。迎着风，泡面独有的浓郁酱汤味钻入鼻腔，直冲头顶。

泡面原来这么好吃啊。

上次坐渡轮时，我们一家三口也去甲板上看海了。从船头、船两侧和船尾看了一圈之后，父亲问我：

"你最喜欢在哪个位置看？"

我毫不迟疑地回答：

"当然是船头啊。"

站在甲板前端低头看海，可以看到渡轮乘风破浪的样子。再抬头把目光移向海平线，就会感觉自己正在破浪前进——朝着未知的目的地，朝着未来前进。

母亲也回答船头。那时《泰坦尼克号》还没上映，母亲抬头仰望天空，自语般地说："我们三人这么站在甲板上，好像这片海就属于咱们三个人，你们不觉得这很浪漫吗？"

我没想到还有船头之外的回答。无论是谁，肯定都喜欢最前面，这只有少数人才能站的位置。可是父亲的回答却不一样。

"我喜欢船尾。能看到船在海上开过的痕迹。特别是在黄昏时分。我真想边吃泡面，边这么看海景、看日落呢。"

泡面是贯穿父亲一生的灵魂食品。"小时候家人出去农作时的午饭，初高中社团活动结束后暂时充饥的干粮，上大学时一日三餐的主食，就职后深夜工作的好搭档。泡面对我来说是不可或缺的。"站在船内餐厅的橱窗前，父亲这么说。

睡的是大通铺，吃的是泡面，这跟豪华渡轮差得有点儿远了吧。我心有埋怨，看向母亲，她却一直在开心地微笑。

三人边吃泡面，边在船尾眺望海景。夕阳是不错，但我觉得船头的感觉更好。我平时不太晕车，但反方向坐久了，身体也觉得不太舒服。而且，这情景就像是在背着别人吃泡面，感觉很难堪。

父亲为什么会喜欢船尾呢？

二十年后的今天，我觉得自己终于找到了答案。父亲也许是把航路视作自己的人生。代表航路的那道白线，近的地方很浓重，随着船驶远，它也越来越淡，扩散开来，成为蓝色大海的一部分。眼前的景色让我懂得，无论是人生经历，还是回忆，最终也会这样全部消散。

能意识到这些，是不是因为我和父亲患了同样的病呢？

因为和父亲患同样的病，才能循着与父亲共同的回忆，最终体会到和父亲同样的心情。

但这一次旅行，不是为了追忆父亲。

而是为了创造与新家人的回忆。

发现自己患上直肠癌时，我的身体里已经住进了一个新的小生命。怀孕三个月，可以选择打掉胎儿。打掉她的话，马上就可以开始化疗。要是想生下她，就得用自然疗法，等到胎儿满七个月时剖腹产，之后才能开始化疗。我的病虽然没到父亲当时那种无计可施的状态，但癌症会不断恶化，化疗开始得越晚，治愈的概率就越低。

也有人觉得，放弃肚子里这个孩子，先把癌症治好，之后再怀孕就行了。可现在我身体里的小生命和下次再怀上的不一样。再说，就算放弃这个孩子，专注于化疗，病也不见得能治好。

放弃孩子，自己得救，再怀上一个孩子。

放弃孩子，自己得救，怀不上孩子。

放弃孩子，自己也死去。

生下孩子，自己死去。

生下孩子，自己也得救。

我不知该如何选择，觉得必须去找隆一商量。我意识到，他会有跟我有不同的选择。

如果可以，我很想生下这个孩子，就算用自己的生命交换也行。可隆一会怎么想呢？

倘若生下孩子后死去，我自己倒是一了百了，但隆一必须得抚养这个孩子长大。一个大男人带孩子，工作肯定会受影响。他在建筑公司上班，有时候不分昼夜，为了工作说走就得走。

他才三十八岁，也许会遇到别的女人，没有孩子更容易组建新家庭。要是没有孩子，隆一就可以重新开始，就会得到幸福。

生还是不生，也许要由我做出选择。可这不是也该让活在世上的家人来决定吗？所以我对他说"你来做决定"，把决定权交给了他。

休息日，我约隆一出去散步，在家附近的公园里跟他说了。

在外边的话，因为怕别人看见丑态，我可以一直保持思考的状态。要是在家里，肯定连话都没说完脑子就乱得没法思考了，只会一个劲儿痛哭。我预料到了这些，才挑白天来这个父母和小孩子聚集的热闹地方。

樱花的花期已过，樱树下的空间被我们两人包场。

隆一听我说完，像是倒吸了一口凉气，看向我，又一下子移开视线。他攥紧双拳，肩膀也在震颤。我全身绷紧，以为他要挥拳朝我打过来。隆一的右拳狠狠砸在了樱花树干上。这棵巨大的樱花树是公园的象征。就算隆一上学时是橄榄球选手，他的一拳也只能让它的枝叶轻摇两下，对这根我两手都环抱不住的树干没造成任何伤害。

隆一用没有松开的拳头用力擦了下双眼。眼角没有泪水，而是留下了一道血痕。

——没事吧？你的手流血了。

——你不用担心我……根本就不用让我优先选择。智子你想怎么办？

——我……

——你不用考虑以后的事。告诉我，你现在希望怎么做？

——我……想把孩子生下来。

这是当时在我脑中浮现出的,唯一的心愿。

隆一在裤子上胡乱擦了擦拳头上的血渍,然后慢慢地,张开那只手,抚摸我丝毫未隆起的腹部。

——这孩子肯定也在这么盼望着呢。因为这小家伙是智子你的分身啊。

泪水扭曲了视野,我面朝这棵挨了一拳也纹丝不动的大树,痛哭出声。

我和隆一一起去了医院,告诉医生我想生下孩子之后再化疗。但之后并没能就此安心度日。

我一直告诉自己,没事的,没事,但有一天突然眼前一黑,跌落进黑暗的坑洞。

我认识隆一是五年前,我们在朋友婚礼后的聚会上经人介绍认识,之后就开始了交往。半年后,他说想和我结婚,而我却说还要享受自由,拖了两年多才给他答复。如果我们当时就结婚,就算在这个年纪发病,孩子应该也早就出生了,就可以毫不迟疑地为了孩子专心接受化疗了。

如果,我再早些遇见隆一,二十岁左右结婚,孩子现在都上中学了。若是孩子那么大了,我也会专心接受化疗,不会那么害怕治不好,因为即使我不在也没关系了。

如果,我现在还是单身,也许就能毫不悲观地迎接死亡的到来。

黑暗中,许多个"如果"重叠在一起。每当这时,现实就会堵死眼前的这些路。我哭喊出声：

"我不想死。"

可这并不意味着我爱自己的生命胜于孩子的生命。倘若我一无所有，在人生即将结束之时，就算感到害怕，也绝无后悔。父亲离世之后，我一直都想着，要去做所有自己想做的事。

我现在的心愿是能平安生下这个孩子。但我知道，生下孩子后我又会有别的心愿。我想和孩子一起生活，想看着孩子长大，不希望孩子因为失去母亲而孤单。所以……

我想活下去。

我不害怕死亡，只是觉得太悲哀了。

我想紧紧抱着他柔软的身体，想给他喂奶，为他洗澡，一刻不离地看着他长大。他笑起来是什么样子呢？会是什么样的声音，会说什么话呢？他会从坐到站，从走到跑，逐渐去了解这个世界。

他的人生，会有多少与我相关呢？那些事能够烙印在他的记忆中吗？

我这样思考，然后陷入绝望，思考和绝望不断地重复……

就在那时，我无意间打开电视，电视里正在播放的影片似曾相识。"松木流星悬案"的重播，是父亲的作品。一开始，我只是呆呆地望着，不知不觉被吸引了。在结尾字幕中看到父亲的名字时，我突然有了个想法。

与其哀叹没法在未来留下回忆，倒不如把现在作为回忆保留起来。之后，我像父亲之前那样，跟隆一提议。

——我们去北海道吧。

夕阳落尽，海天合一。船尾的白印已经看不见了。黑暗的另一侧，能看见无数的亮点儿。那是居住在北方大地的人们日常生活中的灯光。

我回到舱室，收拾东西准备下船，把《天空的彼方》和摄像机、日记一起放进单肩包里。

我拿出手机给隆一发邮件。

"马上就到了。谢谢你让我出来旅行。"

也许隆一会很吃惊我为什么突然这么说。不如也告诉他吧，告诉他我读了一篇不知作者、又没有结尾的小说。让他帮我调查一下，是否有一个叫绘美的女作家，曾是松木流星的弟子。

不，《天空的彼方》已经完结了。

伴随着引擎的低鸣声，舱室晃动了一下。应该是靠岸了。听着船内广播，我走出了舱室。通道上挤满了乘客，每个人的脸上都写满了期待，真希望我自己也是这样的表情。

下台阶时，在前方大概五米处，我看见了阿萌的背影。要不要把原稿还给她呢？我还想再跟她正式道一次谢。可阿萌好像在拼命追赶着某人。她在追谁呢，人太多了我看不到。阿萌是追随着某人出来旅行的，可那人却不知道阿萌一直在身后跟随。有这种可能性吗？

我决定不去找阿萌了。阿萌有她自己的旅途。

我要继续我的旅途。摄像，拍照，写下文字，把所有回忆保存下来。期待今后有一天，我可以和这孩子一起追溯和回忆。

我把手放在肚子上,轻轻地说。

——妈妈要活下去。

肚子里的宝宝翻了个身,好像在笑嘻嘻地说:"妈妈你总算开窍啦。"

花开之丘 ———

以薰衣草花田为背景拍照，就能证明来过富良野，不，证明来过北海道吧。

昨天下午一点左右，我到上富良野的日出公园看薰衣草园时，覆满薰衣草的山丘四周全是人。人山人海，人满为患。

身上别着旅行社胸章的人们从停车场一路小跑过来，顺势爬上山丘，登上展望台，先在公园的标志性建筑物"爱之钟"前拍照，再用俯视薰衣草花田的角度拍一张公园全景，然后往下走几步，以薰衣草花田为背景拍照。之后终于能放缓步调，边眺望紫色的花海边溜达下山，往小卖店走。买一个淡紫色的薰衣草冰淇淋，单手拿着冰淇淋再照一张，才像完成任务一样，把照相机收进包里，开始品尝冰淇淋。

二十年前没有这种冰淇淋。当时姐姐、哥哥和我吃的都是普通的白色冰淇淋。我刚想着薰衣草是什么味道，就听见有人说味道独特，我点点头，觉得这个评价还挺恰当。

好像接下来要去动物园，戴着胸章的人们吃完冰淇淋，就会将花田抛在脑后，头也不回地往停车场走去。待在这里的时间还不到半小时。即便如此，他们也可以拿着照片去炫耀，证明自己来过。

终于可以拍摄没有游客的薰衣草花田了，我刚这么想，下一拨游客又来了。那时我才意识到，自己本来想拍摄风景，可富良野地区的日出公园是薰衣草观光的发祥地，我白天来这里拍就是个失误。

可就算凌晨六点来，也有人比我先到一步。

薰衣草种得很密，每株之间只有很小的间隔。一袭白裙的女生蹲在小路上，裙子填满了小路旁的缝隙，一个男生从小路上用单反数码相机对着她。两人看起来都只有二十岁左右。

是在拍结婚照吗，可是没看到新郎。拍照的男性穿的是T恤和牛仔裤。是在为杂志拍照片吗，可女生没那么漂亮，裙子看起来也很廉价。最近流行"简婚"，连婚纱都以简洁款式为主，但女生穿的裙子与其说是简洁，倒更像是自己用便宜布料做的。

当地的私营餐馆想自制承办婚宴的宣传单，找员工来拍照，这才是最合理的解释。

"裙子下摆铺开的部分有点奇怪，还是站起来更好些吧。"

男生端着相机对女生说。

"哎？那可不行。这条裙子长度就到脚踝，一站起来，我穿的凉鞋不就露出来了。"

"你至少要穿双像样的鞋吧。"

"我没有适合长裙的鞋子啊。专门为拍照买双鞋也太浪费了。"

"那,裙摆要是再长点就好了。上半部分看起来还像条裙子,下摆不就围了一圈白布吗?"

"没办法,布料不够用了啊。下身埋在薰衣草田里,只露上半身,你就照这种感觉拍。"

"说得倒简单,没想到薰衣草田没多高啊。"

男生对着镜头慢慢挪动,好像一直都找不到合适的位置。

"你站在这个位置试试。"

我从他身后往小路的上坡方向走了两米左右,站在那里对他说。

"啊?"

"这样前后来回找距离,倒不如用广角镜头拉近拍效果更好。"

"这样啊?"

男生走到我身边,端起相机。

"啊,真的呢。眼前的薰衣草恰到好处地把脚遮住了。"

他按下快门,确认了一下画面,拿给我看。

"和我想的一样。这次你别把模特放在取景器中心,在右侧留出一些空白,看看拍出来效果如何。应该能拍出薰衣草漫山遍野的感觉,让整体构图更稳定。"

说完这些我有些担心,对方也许会不高兴,觉得我太多嘴,可出乎意料的是,男生把相机朝我递了过来。

"您好像很懂摄影,方便的话,能不能帮我们拍几张啊?这数码相机是跟朋友借的，我以前从没用过。"

"那我就试试。"我接过相机，边确认构图边对焦。先拍一张人和风景多重对焦的，再把焦点集中在模特身上，虚化风景。既拍出了薰衣草的柔美，又以此衬托出了女生鲜明的五官，这张照片上的女孩子多漂亮啊。用闪光灯也不错，能让女生的脸显得更明亮。

"拍成这种感觉行吗？"

我照了十来张，把相机递给男生。男生边确认照片边发出惊叹声，然后跑到女生身边。

"太厉害了，真厉害。就像专业摄影师拍的。"

女生盯着画面，每翻一页就发出一阵惊呼。

"这下你满意了吧？"

"嗯。美梦成真啦！"

女生笑容满面，用力地点了下头，站起身来。

"那咱们收队。这一大早光干这个了……"

男生嘴里抱怨，却牵起了女生的手，看他们一起往这边走，我点头致意。女生也朝我点了下头，头上戴的白纱缎带飘落了下来，她"啊"地叫出声，慌忙捡起来。

"好好跟人道个谢啊。"

"啊，非常感谢您。"

"哪里，我才不好意思，还没问你们的用意，就多管闲事……"

"我们不是要结婚。说起来，我们只是同班同学，连男女朋友都不是。这家伙说在北海道生活期间有件特别想做的事，拜托我帮她。"

"我是北海道大学的大四学生，毕业后要回九州岛的乡下，这下能留下美好的回忆了。难不成，您是专业摄影师？"

"……不，只是爱好。"

"真的吗？我还是觉得您肯定是专业的。"

"给我拍出了这么美的照片，我真是太幸运啦！"

我挠挠头，不知怎么回答是好，这时男生说："您是想找个没人的时间吧。我们就不在这儿碍事啦。您请。"说完，两人走下了山丘。

男生在前面大步快走，女生把裙摆团在膝盖处，一溜儿小跑跟在他后面。红凉鞋和裙子虽不搭，却很可爱。

这情景让人忍俊不禁，我端起相机拍了一张。题目呢，就叫"喂，等我一下"吧。

这片广阔的薰衣草花田终于只属于我一人了。可女生的话语却散落在了小路上。

——您是专业摄影师？

正确的回答是，我是放弃了专业摄影师梦想的人，为了与梦想诀别才来到北海道。因为，这里也是我梦想开始的地方。

我的老家在一个背山靠海的小镇，父母经营一家鱼糕工厂。公司很小，只有八名员工。生活虽不贫苦，却也谈不上富裕。暑假举家出游只有那一次——那时姐姐上初二，哥哥上小学六年级，我上小学四年级。

旅游目的地的决定权在妈妈手中。本来也是因为妈妈抽奖中了十万日元，才说全家一起去旅游的。她提议去北海道，最好是富良野。因为她喜欢的电视剧《北国之恋》就是以富良野为舞台。租来的录影带和电视剧都是全家一起看的，所以没人反对。

在旅行社报了富良野－美瑛三日两晚的旅行团，七月底，父母连同我们三个孩子共五人，乘飞机飞往新千岁机场。这是我们全家第一次坐飞机，第一次去北海道。行程第一天是从新千岁机场去札幌，参观北海道政府、时钟台和大通公园等处。当晚住在十胜岳温泉。第二天切入主题，到富良野观光，上午先去电视剧外景地麓乡，再去葡萄酒厂参观，然后出发去日出公园。

当我们一家看到薰衣草花田时，不禁面对这片紫色花海惊呼起来，这紫色比电视里看到的浓重得多。

一直自诩为少女心的妈妈自不必说，连看似对花毫无兴趣的爸爸都说"太厉害了这个"。大家都被花田所吸引。这是非日常世界的美景，人们自然会想拍照留念。可在我家，姐姐倒是有一本相册，哥哥和我的照片加起来才勉强装满一本相册，对这个仅用两本相册来记录孩子成长的家庭来说，照相机是日常生活中完全用不到的工具。

既然如此，买个谁都会用的一次性相机就行了。可爸爸在出发前干劲十足，跟一个叫田中的人借了单反相机，田中是工厂的员工，其实就是个总喜欢摆弄新设备的大叔。也许是因为打零工的大婶们拜托爸爸说"社长，要多拍几张薰衣草的照片回来啊"，他跟人拍了胸脯，才想一定得用个好相机。

爸爸肯定认为，这相机连那田中都会用，自己肯定也没问题。可一站到薰衣草花田前，端起相机，才发现怎么都对不上焦。他心想等照片洗出来没准儿就清楚了，照了两三张薰衣草花田，然后全家人站在花田前又拍了一张，早早就完成了拍照的任务。

反倒是我们这些孩子对照相机表现出了更多兴趣。虽然看见薰衣草花田很激动，却也不会像妈妈那样目不转睛。奶油冰淇淋也吃完了，可离集合还有很长时间。先是姐姐跟父亲借相机，然后是哥哥照了几张，照相机完全成为孩子们打发无聊时间的玩具了。

我当然也跃跃欲试。可爸爸很过分，跟我说："把相机摔了怎么办，还浪费胶卷，你就站在这儿照三张吧。"

被如此对待是常事，我也没有太失落。在厨房用菜刀时，放烟花时，在工厂往质量标签上印日期时，姐姐和哥哥在跟我一样的年纪，父母都允许他们帮忙；但唯独对我，父母都说"你还太小"，什么事都不让我做。

我每次都心怀不满，觉得他们太狡猾了，但在姐姐和哥哥看来，似乎我才是被偏袒的那一方。的确，我们三人一起做作业，爸爸只会帮我；我们班的运动会和周日的参观活动，他也肯定都参加。虽然如此……

——你呀，就是最受爸爸重视的那个。

用这句话把所有责任都推到我身上，不是很狡猾吗？

我装上广角镜头，对着眼前的薰衣草校准焦距，按下了快门。

但总觉得哪里不对劲儿。

我想先拍一张公园全景，却难以将镜头锁定在一个"想在这里取景""想把这景色永久保留""想给别人看"的地方。十岁时头一次用单反相机的我，学着姐姐和哥哥的样子转动镜头，满心期待地看着景物的变化。这里，还有那里，当时我想拍下的景色有好多处，可现在却……

以现在的状态拍出的照片，就与旅行团游客拍的纪念照没什么区别了。或许，连纪念照都不如。

拍"证据照"为的是给别人看。

北海道真好啊。真美啊。真羡慕你啊。

为了听对方说这些话，拍的照片不能太丑。跟别人炫耀时至少能拿得出手。

十岁的我做到了。或许从某种意义上来说，我是二十年前在这里第一次崭露头角的。

现在用数码相机当场就能确认照片的好坏，可在二十年前，只有等照片洗出来才看得到。从北海道回来五天后，妈妈去附近的照相馆取照片，我们姐弟三人和父亲在家满心期待。妈妈回来时，脸上的表情明显很失望，从信封里拿出那沓照片时，我们所有人都变成了和妈妈同样的表情。二十四张胶片，有三分之一都模糊不清。

爸爸一开始抱怨照相馆洗照片的技术不行，但有三张照片证明了他是错的。那是色彩鲜艳、取景清晰的三张照片。

全部是我拍的。

一张是以薰衣草花田为背景,除了我以外的家人的合影,一张是薰衣草花田遍布丘陵的公园全景,还有一张是蔓延在脚下的薰衣草花的特写——没有出现一丝重影。

这三张照片按家里人头数去增印,之后的一段时期,大家都随身带在包里,看见熟人就拿出来炫耀一番。

真美啊。真厉害啊。真想去看看啊。

我觉得所有称赞都冲我而来。我拍的照片被做成明信片,放大后镶上镜框,摆在自家客厅和工厂办公室里。

看到没有自己的全家照摆放在那里,我感到很自豪。

——你家小儿子没去吗?

看到照片的人一般都会这么问,于是父母就会回答。

——去了。给我们拍照的,就是小儿子呢。

——那可真了不得。将来肯定能成为一名摄影师哟。

爸爸妈妈听到这些话,不都喜形于色吗?

——小拓呀,一定能成为摄影师。

姐姐和哥哥不也都这么说吗?既然如此,在这个梦想即将实现时,他们怎么能说出那句话呢。

说,让我去继承鱼糕工厂。

好几次,我刚要按下快门,就又来了新的游客。

是和我父母年纪相仿的一男一女。女人抱着一只茶色的博美犬,对"禁止入内"的指示牌视而不见,自顾自地踏进薰衣草花田，朝男人开口。

"这儿行不行。你可要等小金金冲着镜头时再按快门啊。"

"知道，知道。"

男人这么说着，端起一个小数码相机。

在薰衣草花田中，穿着婚纱，抱着小狗……在摄影学校，老师强调过好多次，拍照要有目的性。什么都不考虑，只单纯取景的话，无论摄影者的技术多高超，也无法拍出让人感动的照片。

我来这里拍照的目的是什么呢？

可以说，这是一场与梦想诀别的摄影之旅吗……

我在日出公园附近的茶餐厅吃过早饭，就出发去美瑛。和二十年前的行程一样，那次是乘观光巴士，这次是租车去。

在富良野尽赏薰衣草花田之美时，以妈妈为中心的全家人都觉得出游的目的已经实现了九成。

剩下的就是出发去旭川，在市内酒店住宿，多买点当地特产。听巴士导游介绍"接下来我们就要途径美瑛，出发去旭川"时，我问妈妈能不能睡觉，而身边的姐姐和哥哥都已在酣睡之中了。

然而途径美瑛时，巴士窗外的景色让我蒙眬的睡眼又一下子睁开了。漫山遍野的花田，不仅有薰衣草的紫色，还有红、橙、黄、白，鲜艳夺目。我急忙摇醒姐姐和哥哥。

——真像拼布图案一样呢。

看得入神的妈妈说。姐姐问，那些都是什么啊。

哥哥问爸爸那些花的品种。导游明明讲过，可爸爸半天也说不出"一串红""虞美人""万寿菊"这些花名，嘴里冒出来的尽是些土豆、荞麦之类农作物的花名。听其他游客夸他厉害，他很高兴地挠头。

耳朵不时捕捉到那些说话声，我的身体变成了一台照相机。离开日出公园时，**爸爸**把相机收进了旅行包。我要将这些令人怦然心动的美景尽可能多地印在脑子里，眼睛就是镜头，我调节远近，找到最佳角度对焦，按下了脑中的快门。

——美瑛以丘陵多而闻名。

巴士导游这样讲解，但大巴却没有停下来的意思。为什么不停车呢，为什么不让我下车呢，我多想去用心感受这壮丽的自然景色啊。

我心生不满，却顾不上抱怨。窗外美丽的山丘一座接一座，让人目不暇接。

巴士终于在一座貌似教堂的白色建筑前停下了，是一所叫"拓真馆"的摄影艺术馆。

——和拓真的名字不是一样吗？

最早注意到的是爸爸。我的名字虽读作"TAKUMA"，但汉字和这座建筑的名字一样，我很高兴。令我震撼的是，和我同名的建筑是一家摄影艺术馆。我幻想着刚才看到的景色就是自己的摄影作品，正在被展示，心里乐开了花。

原来有个和我同名的摄影师啊。听着自己的名字在所有游客面前被提及，心里挺自豪，但"拓真馆"这个名字并非来自摄影师。

摄影师的名字叫前田真三。若有人问我最尊敬的人是谁，我会毫不犹豫地说出这个名字。

前田真三出生于一九二二年，是风景摄影的第一人。一九七七年，前田历时三个月南北纵穿日本列岛进行拍摄，在这场摄影之旅的最后阶段，他在北海道美瑛镇和上富良野镇，也就是这一带，发现了日本的新景色。后来他多次往返于这里的丘陵地带，以人和自然交织的俊美大地为主题，发表了一系列作品。

一九八七年开设的"拓真馆"里，常设展品大约有八十幅，现如今，每年也有三十万人会来这里参观。

前田真三的作品是有温度的。我能感觉到风起云涌，大地在呼吸。每一幅作品，我都从被摄者的角度去鉴赏，从摄影者的角度去观察。

作品烙印在了脑中，到了午饭时间，我开车驶向美瑛火车站。广阔的丘陵地带填满视野，一望无际。

在站台附近的餐厅吃完盖满本地蔬菜的咖喱乌冬面后，为了环绕整个拼布之路，我先向亚斗梦之丘出发。虽然路程很短，可我还是被金黄色和绿色的强烈反差所吸引，在路边停下了车。

山丘一片沉甸甸的麦穗，上面是澄澈明净的蓝天，云淡风轻。这片景色不仅告诉我人类只是再微小不过的生物，同时又伸出双臂接纳我，让我知道自己也是这壮美自然的一部分。

这里同样是乡下，可要是自己的老家也被如此美景环绕，我肯定愿意回去。

我甚至觉得，如果身处这般美景中，就算每天做鱼糕也没什么不好。可老家镇上却没有我想拍摄的景色。

放眼望去，缓和起伏的丘陵遍布。浓绿色的田地对面应该是十胜岳吧。丘陵的棱线和山要用什么比例来表现才更有趣呢，把山拉远来表现丘陵的广阔又如何？地平线的位置怎么安排？天空在太阳的九十度角方向，离地平线越远，颜色愈显湛蓝。

我装上超广角镜头，开始寻找最佳拍摄点，突然发现已经有人先我一步了。那是位与我年龄相仿的女人，看上去像是怀孕了，却没有同伴。她把单反数码相机固定在三脚架上，再从镜头往外看。像是为了把自己也照进去，从站的位置到照相机的位置来回走了两次。

看到这个情景，就算是个不太会拍照的人，也会自告奋勇。

"抱歉，可以的话，我来帮您按快门吧。"

"帮大忙了。拜托您。"

女人边用手帕按着鼻头边回答，站在了不知名农作物的田地前面。相机还固定在三脚架上。可能她是照我刚才说的原话理解的，只管按个快门。我还想像给在薰衣草花田穿长裙的女孩子拍照时那样，帮她调整一下角度。行吧，我连带三脚架一起挪不就得了。

我从镜头看过去。她把一只手放在腹部，另一只手摆了个代表胜利的V字，正朝这边笑。既不用移动三脚架，也不用调焦距。

"我要拍喽。"

打了一声招呼，我按下了快门。她边说"真是太感谢您了"边往回走。

"帮大忙啦。要是用倒计时自拍，不跑的话就赶不上。"

她一只手放在肚子上，爽朗地说。像是独自旅行，可是怎么可能啊。

"您一个人吗？"

我终于问出口。

"是的。丈夫因为工作关系没能一起出来。我今天傍晚在旭川的酒店跟他会合。虽然我和宝宝两人的旅行也挺好，但还是想让他看看这景色呢。"

女性回头望向山丘。这么回事啊，总算能解释得通了。

"合适的话，我再帮您照几张。"

"可以吗？"

"我开车来这儿转悠，不用赶时间。"

"真好，能绕拼布之路一周。"

"难道，您是走着？"

"我没有驾照。也想租辆自行车，可是好像颠簸会比较剧烈。从车站步行就能走到亚斗梦之丘，周围景色又这么美，我觉得挺好。"

"我带您转一圈？啊，搭陌生男人的车您会不放心吧。这样，我把驾照给您，您就能相信我了吧。"

"您不用给我驾照。那就拜托您了。我真的很开心。"

女性告诉我她叫智子，我报上了我的全名，柏木拓真。

"难不成，是'拓真馆'的拓真？"

我跟摄影圈的朋友自我介绍时倒是会这么说，但还是头一回被人问到。不知为什么有点难为情。与此同时，我对智子的好感度一下子提升了，觉得她人很好。

本想让她坐在副驾驶，询问她这次旅行的目的。可这条路上似乎随时会有野生动物从田里蹿出来，以防万一，还是让她坐在后座上了。

智子先开了口。

"'拓真馆'的拓真，您的工作一定也与摄影相关吧？"

虽然几分钟前才刚刚认识，我却很希望她能问及我的梦想。

什么都能干的哥哥姐姐都不会用单反相机，我却会用，还邂逅了"拓真馆"，这让十岁的我决定，自己的梦想是将来能成为一名摄影师。

可那时我并未为此付出特别的努力，也没有照相机。每当办庙会或是学校有活动时，家人都会给我买台一次性照相机，让我专用，对此我已经很满足了。家人能认可我是个"照相的"，我也感到很自豪。

我决定一上高中就加入摄影社团，但入学后发现与其加入死气沉沉的摄影社团，倒不如像初中时那样加入排球社，更能享受校园生活，就毫不犹豫地加入了排球社。虽然定下目标要打工赚钱买一台照相机，却又没有空闲，结果这三年时间连一次性相机都没碰过。

后来我考取了一所东京的大学，这所学校与哥哥姐姐的大学简直没得比。入学后我没想再加入排球社，可对摄影的热情也完全消退了。好说歹说父母才让我报考东京的大学，我却考了这么一所名不见经传的学校,心里很是自卑,想至少在生活上别再依靠父母,就去打工了。

季节更替时,我有了女朋友,是在打工的地方认识的。尽情享乐时,时间也如白驹过隙般一晃而过,虽然找工作的过程很艰难,但总算是被东京都内一家鞋业公司内定录用了。

从亚斗梦之丘的展望台上可以看到"肯及玛丽之树"。"拓真馆"坐落在景观之路上,在拼布之路的对面,相隔一条道。很难步行过去。

"您要去'拓真馆'吗?"

"我昨天和住同一家旅馆的人去过了,不过那么好的地方,去几次都不会腻,还是看拓真您的安排了。"

"我刚刚也去过了。我觉得来美瑛的话,最先要去的就是那里。"

"因为您叫'拓真'嘛。如果我的宝宝是个男孩子,也想给他起拓真这个名字哪。"

这么看来,智子怀的是个女宝宝,她是想在这次旅行中给宝宝起个名字。我们离开亚斗梦之丘,驶向北瑛小麦之丘。名字对人生的影响很大,我继续说道。

让我重新对摄影燃起热情的还是"拓真馆"。

公司里有个女孩是做文员的,她去北海道旅游时在"拓真馆"买了前田真三的摄影集送给我。她并非是对我有好感,单纯是在景区的设施上看见了熟人的名字，觉得很开心。

我满怀感激地接受了这件礼物，只要有闲暇就会翻看。

看着照片，我也会想起孩童时代的那次北海道之旅，渐渐地，我开始琢磨那些照片是如何拍摄的。后来甚至会想入非非，觉得自己也能拍出这样的照片。

我用仅有的存款买了台单反数码相机，没有余钱去北海道，就先从身边的景色拍起。

如果是前田真三，他会怎么拍摄这里的景色呢？温度，风，空气，这些看不见摸不着的东西该如何表现呢？

我买来摄影专业杂志，一字不落地通读、研究，也懂得了不能单纯取景，目的和主题最重要。休息日我就去山上和海边这种能感受到自然的地方，还会到庙会和活动现场去。

我想抓住那一瞬间，最大限度地表现出骄阳下花朵的娇艳。

我想尽可能地表现出湍流中每一滴水花的跃动感。

我想表现出天空的广阔，让人能联想到在山对面的镇上，也会有素不相识的人们正在度过五味人生。

我按照自己的想法拍照、显像，摆在一起时，发现了好几张像北海道之旅时拍的那样与众不同、熠熠生辉的照片。不是模糊照片中唯一像样的三张，而是像当时那样一下子脱颖而出的照片。

我从中再严格甄选了几张，投给了专业摄影杂志举办的大赛。

我心中只有个小小的愿望，就算在名单上是倒数第一，只要通过初选就行。要是通过初选，我就买好多本杂志，给父母和哥哥姐姐一人寄一本，让他们也为我自豪。正月回老家时，他们就会说"这么说来,你以前就很会拍照啊",大家边回忆北海道之旅,边高兴地喝上几盅。父亲肯定会说:"你姐姐的相亲照也由你来给她拍吧。"

我这些不着边际的想象成了现实,而且现实完全超乎想象。第一次参赛的我竟然获得了优胜奖。在两千人中排名第二,这是我从未获得过的名次。

回老家是在我获奖三个月后,获奖的事,理应早就被人淡忘或根本不应为人知晓。但是,工厂和附近的邻居们,还有在街上碰见的大部分人都跟我打招呼,祝贺我。

员工田中悄悄告诉我,父亲和母亲自始至终都十分自豪。

跟我赶在一起回老家的姐姐和哥哥也对我表达了祝福。姐姐让我帮她拍相亲用的照片,哥哥则在网上查询摄影大赛,鼓励我再去参赛。他推荐的,是由胶卷公司主办、在业余摄影者中声望最高的大赛,也被称为向专业摄影师跃进的龙门。

第二年我获得了大赛的优胜奖,在两万名参赛者中荣获第一。我拍摄的不是大自然的博大景色,而是一朵盛开在路边霓虹灯下的花,题目是"梦想、开拓"。

那年底,我从工作了六年的公司辞职,决定当一名专业摄影师。为此,我边做一些时间上比较灵活的工作,边去摄影专业学校上课。

我们来到了"肯及玛丽之树"。这个地方在几十年前的广告中一举成名。树不过是个标志物,好看的还是丘陵的风景。我征得智子的同意，把车停在了稍微靠前些的路肩上。可能因为这里是个绝佳的景点，连路都比别处宽。绿色，黄绿色，深绿色，还有金黄色。我叫不出太多颜色的名字，可我能把这万千色彩用照片表现出来。

三百六十度观察，拍了几张风景照之后，我想把智子也拍进照片里。智子也在拍风景照。她的姿势太美了，我不禁端起相机按下了快门。之前我从没想到美瑛的风景和孕妇如此和谐。硕果累累的富饶大地和孕妇有一个共同之处，那就是她们都在孕育新生命，我感觉到，大地像母亲一样坚强、宽容、温暖，包容孕育着自身之外的生命。

要是有这样的摄影作品集就好了，可我从没见到过。我想拜托她，让我好好照几张。

在此之前，先得用智子自己的相机帮她拍几张。

"拓真，能帮我在这里照一张吗？"

智子不知什么时候已经走到了马路对面，我跑过去接过相机，她站在了盛开着白色花朵的花田前面。我端起相机，这次也不用再调整。我们两人的身高差有二十多厘米，她连这都计算进去了。

我按下快门。智子像是在寻找下一个合适的地点，边四下张望丘陵的景色，边走了回来。

"啊，您知道那是荞麦花吗？"

"知道啊。那边是土豆开的花。"

我是二十年前从父亲那儿听来的，可智子却惊呼起来。她是昨天听一个富良野的农家人说起的。她说，当时支上三脚架拍薰衣草的照片时,有个当地人说帮她按快门。就这样,那个人还带她去相熟的农家,请她饱餐了一顿蜜瓜。

"哎,这么好啊。"

原来有过先例,怪不得她这么轻易地跟我走了。我之前还暗自窃喜,以为她看我是个好人,真是冒傻气了。可是,我能理解路人跟智子搭话时的心情。在这片富饶的土地上,无论是谁都会对一名孕妇善意相待吧。

"我头一次看到土豆开的花。"

她凝视着花,一只手放在肚子上,自言自语。不,她是在和宝宝说话吧。

"那个,我能不能用自己的相机给您拍几张照?"

"给我?"

"是。正在看花的智子。"

"非得跟土豆合照吗?"

"不好意思。其实刚才没忍住,已经在荞麦花田拍了一张了。不知为什么,我觉得母亲的形象与花田特别协调。"

"原来如此,如母亲一般滋养万物的大地是吧?如果您觉得我可以,请一定拍出来。"

我厚着脸皮让智子摆了姿势,感觉就像正在告诉肚子里的宝宝这些花的名字,然后端起了相机。我没用虚化背景这些技巧,只想拍下最自然的姿态。我用镜头捕捉智子的笑脸,按了三次快门。

我确认了一下照片,智子说她也想看看。我就让她从荞麦花前的照片看起。

"啊，真好。虽然照片拍的是我，不该自卖自夸，可是真的很美。这些照片能发给我吗？"

"当然啦……能告诉我您的联系方式吗？"

"好的。"

智子痛快地应允，拿出了手机。我们用蓝牙交换了邮件地址。

"初次见面就交换联系方式，旅行真是太不可思议了。"智子说。

我想的和她完全一样。

"可说真的，是我运气好。旅行时能遇到专业摄影师，给我拍这么美的照片。"

"不……我并非专业，也称不上摄影师。我来这里，是为了和摄影诀别。"

把北瑛小麦之丘、七星树，还有智子想看的母子树都看了个遍，我们进了一家很有格调的木屋咖啡厅，这里给人的感觉像是个隐居在森林深处的人家。

"这款用当地食材手工烤制的乳酪蛋糕真是诱人，可巧克力蛋糕看起来也很好吃啊，我们一样买一个，每个都尝尝怎么样？"

"同意。"

我点了咖啡，智子点了菊花茶，再加这两样蛋糕。旁人来看，我们应该很像是一对夫妇吧。不，更像是姐弟。智子看上去有豁达的人生态度，令我望尘莫及。就算要被迫做出人生决断，她也不会闷闷不乐想不开吧。

"我能看看智子拍的照片吗？"

智子从包里取出照相机，给我看了她的照片。

"哎，您是乘渡轮来这儿的啊。啊，玉米。我还没吃到呢。"

智子只是微笑看着我。我的牢骚话不小心开了头，又咽了回去，也让她替我担心了吧。智子也去了日出公园。那里的薰衣草花田是像照片里这样波动起伏，如同平静的海面吗？

"智子也学过摄影吗？"

"我照得有那么好吗？"

"我都有点自愧不如呀。"

"照相倒没学过，我父亲在电视台从事跟摄像相关的工作，他教了我许多东西。"

一个与我毫无交集的世界跃然登场。

"那就是说，您被专业人士中的专业人士教过啊。"

我要是没说自己想成为摄影师之类的话就好了。

"拓真给我拍的照片，真的非常好。如果这是最后的拍摄，那太可惜了。"

"我得回乡下继承家业，把鱼糕工厂开下去。"

"这样啊……"

"不好意思，难得出来旅行，我净说这些丧气话了。可是，看了智子拍的照片，我觉得自己可以断念了。"

"哎？"

"您别误会。我意识到了自己的不足，并不是指技术方面的。我要是猜错您可别见怪，智子是想等宝宝出生后，把母女二人一起旅行的景色给她看吧？"

"您怎么知道的啊？"

"看到您的肚子，连我这样想象力不太丰富的人也能觉察到，可单看照片也能知道您的心思，您是想把照片给特别重要的人看。而我的照片里……只能看出对摄影的喜爱之情，除此之外再无其他。"

"喜爱摄影。我认为这是最重要的……啊，蛋糕。"

蛋糕摆上桌。智子用叉子把奶酪蛋糕和巧克力蛋糕都一分为二，我们两人一样一块。

"咱们开吃吧。"

智子跟我说话时语气很轻松，可是她口中咀嚼乳酪蛋糕时，表情却像在思考。她是在想一些安慰我的话吧。我用叉子叉起那一半巧克力蛋糕，直接一口咬下去。

"啊，好吃！"

我本来想用自己的方式调节一下气氛，智子却满脸认真地看向我。

"拓真喜欢读小说吗？"

"不怎么读，倒是很喜欢看漫画。"

"我有一部小说，想让您读读看。是短篇，就算读不惯小说应该也不会太困难。"

"现在，在这儿看吗？"

"不。那部小说在我包里，放在车站的寄存箱里。送给您，您什么时候读都行。"

看我点了头，智子给了我一个微笑。

"话说,您知道松木流星这个人吗?"

她突然转变了话题。我回答,看"两小时剧场"时看到过几次。智子听了我的话好像很开心,问我哪部作品,谁演的,开始说起关于电视剧的事,并断定我喜欢电视剧。

我们途径柔和七星之丘,返回了美瑛火车站。在寄存箱前,智子递给我的不是书,而是一个牛皮纸信封,里面是一沓装订好的纸张。我问智子是不是她写的小说,智子说是在渡轮上认识的人给她的,出自专业作家还是门外汉之手,是杜撰还是事实,她也完全判断不出。但她十分庆幸能读到这部小说,所以也想让我读。

她说,要是不喜欢的话扔了也行。话说到这个份上,我反倒想读了。我说马上就读,然后目送她离开了检票口。

日头还高,我朝车站附近的北西之丘展望公园走去,据说在那里能一览美瑛丘陵的全景。我决定在那里读小说。

绘美出生在山间小镇。父母每天都忙于照顾家里的面包店,绘美总在修学旅行之前发烧,结果她从没走出过这个狭小的乡镇。但她很有想象力,经由朋友介绍接触到了推理小说,之后自己也开始写小说。过了段时间,一个如梦想般的机会降临,她的作品被人气作家松木流星看中,松木想让她去东京收她为徒。可为时已晚,绘美已经订了婚,父母也希望绘美和未婚夫结婚,然后继承家业,不想让她当作家。绘美一度想要放弃作家梦,可最终还是没法丢弃理想。她想去东京,瞒着所有人去了火车站。不想却在车站看见了未婚夫,他就好像是早在那里等她……

我坐在能够鸟瞰整个公园的长椅上，一直保持同一姿势，一口气读到了最后一页。能让没有读书习惯的我这么一下子读完，或许是因为绘美的形象和自己有重合的地方。山间小镇，海边小镇；开面包店的父母，经营鱼糕加工厂的父母；成为作家的梦想，成为摄影家的梦想……甚至连得不到家人理解的情景，也和我一样。

正因如此，我才一直往下读，想知道结尾，可故事却停在了未婚夫正等着她的情节处。

怎么回事啊？我刚想给智子发个邮件问问，突然想到或许文章采取的就是这种写作手法，在中途结束，让读者为故事添上结尾。

如果是这样的话，我会让绘美怎么做呢。若是问我的希望，我希望她去东京，成为作家。小说最后描述的情景看似是绘美站在了人生岔路口，可沉下心来再读一遍，就会发现她并非如此难以抉择。

绘美肩上并没有背负什么。

在车站等她的人是未婚夫，不是丈夫。故事里也没说她怀孕。她家没欠人钱，没人逼婚，若是丢下未婚夫，双方虽然都会受点伤，可不会蒙受重大损失。未婚夫看起来是理智的男人，应该也不会勃然大怒动起杀心。他既有学历，又有教师这样的稳定工作，肯定很快就能找到新女朋友。

父母觉得不放心，怕女儿被好色的坏作家欺负，可女儿离开也不会影响到他们的日常生活。他们都还年轻，都很健康，没有必须依靠女儿的事情……这是绘美与我的不同之处。

三个月前，我的父亲因肺癌去世了。

父亲的死并不突然，所以家里有时间去考虑后事。但我从来没跟妈妈、姐姐和哥哥聊过父亲去世之后的事。虽然医生说他已时日不多，我却没丢掉希望，盼着他好转。我心里很怕，本来父亲有可能恢复，而一说他死后的事就会让这种可能性破灭。

我是小儿子，没跟父母一起生活，住得也远，没法全天照看父亲。而妈妈和姐姐离得近，每天都能亲眼看到父亲的症状，她们可能已经聊过这件事了。

哥哥和我一样住得不近，但父亲没上保险，需要支付高额的医疗费，那些费用几乎全是哥哥出的。关于后事，妈妈应该也在电话和邮件里跟哥哥聊过了吧。

也许，他们背着我都商量好了。

所以，父亲葬礼刚一结束，全家就围桌开会，妈妈、姐姐和哥哥对这件事的意见完全一致。

让我继承鱼糕加工厂。

他们明明知道我想当摄影师，也知道我在摄影大赛中获了奖，我也告诉过他们我想走专业摄影师这条路，可没有一个人对我说"那就算啦"。

一般不都是长子继承父业吗？我虽这么想，却说不出口，因为哥哥在东京一流的证券公司工作。放弃年收入上千万日元的工作，来继承这家每月盈亏不定、勉强维持经营的鱼糕加工厂，对他又有什么好处呢。他已经结婚了，还有两个孩子。大儿子刚进一家有名的私立小学读书。

  姐姐还是单身，住在老家的邻镇。可姐姐在一所小学当老师，也有一份稳定的工作。一方面学校禁止员工从事副业，另一方面，如果接手鱼糕工厂的话，也就没法兼顾其他工作了。这一点我也清楚。

  还有，要是妈妈身体健康，我也会坚持自己的立场。可妈妈五年前出了车祸，右腿一直不利索。就算能在办公室工作，要总在工厂里站着对她而言很困难。

  或许还有别的选择，比如关闭或是转让工厂。然而，是关闭父母两人一砖一瓦建起的工厂，还是放弃自己的梦想，要问哪个决定更艰难，我用心中的天平衡量之后，还是觉得前者的分量更重。最终，我一句话都没有反驳。

  然而，全家人让我继承工厂的理由并不是由于这些形势所迫。若是如此，我也能更干脆地做个决断。

  可他们为什么非要那么说呢？

  ——这是爸爸决定的，都是为了拓真你啊！

  正因为自己身处这样的状况，我才希望绘美能舍弃乡下的生活，去努力成为一名作家。但我又觉得绘美的作家之路不会成功。

  她没跟未婚夫分手，而是让对方等她三年，从中我丝毫感觉不到她的决心。从始至终，她虽有成为一名作家的憧憬，却没有想写东西的欲望。

因为高中时的作品受到褒奖，唤醒了之前对写作的执着，她才去了车站，可在她心中却没有写一篇新故事的激情。只遭受一次反对就哭着放弃了，之后又像是心血来潮般离家出走，在这期间，她连一行字都没写过，脑中似乎也没有那么多故事。

有个很想写的故事，把它写出来摆在未婚夫和父母面前，证明自己有作家的才能。她也许从未这么想过吧。

这单纯是乡下少女对城市里光鲜职业的憧憬罢了。就算得到了未婚夫和家人的理解去了东京，绘美也写不出震撼人心的故事。

受到挫折时有个避风港就好。可要是未婚夫变心了怎么办，父母把面包店关了又怎么办？

她会想"啊，当时我要是好好听大家的话就好了"吗，会觉得后悔吗？结婚，边经营面包店，边幻想自己或许有机会成为作家，她会不会觉得这样更幸福呢？

难道我就从没这么想过吗？

梦想被斩断，我同意继承鱼糕加工厂，觉得自己像个牺牲品。为什么偏偏是我，我越想越觉得想不开，提了好几条要求，让妈妈把家里二楼的三间儿童房打通成一个大房间给我当专用办公室，又让她给我一个月自由，让我有一场和梦想诀别的旅行。可在我内心深处，是否也暗暗松了一口气呢？

找到了放弃梦想的理由，自己是否也觉得安心了呢？

我读摄影专业时也曾去打工，给专业摄影师当助手，可没有一份工作能称得上是机遇。参加摄影大赛的成绩也不理想，有段时期我也曾问过自己，是否要继续这样的生活。但我还是相信，只要不放弃，机遇就会降临。

　　我想，家人那么支持我，就算是为了回报他们，我也一定要成为专业摄影师。

　　听说父亲直到弥留之际都在担心我，他在病房里对前去探视的姐姐和哥哥说"想让拓真继承鱼糕工厂"。这就是父亲判断我成不了专业摄影师的证据。就算他夸奖我的获奖作品，也只是觉得那不过是一幅很好的业余作品罢了。

　　正因如此，他才会如此担心，担心我这个都三十岁了还在徒劳追梦的小儿子。

　　如果父亲再多活一个月，听到我能去给黑木让二这位风景摄影大师做助手，他也许就不会留遗言让我继承鱼糕加工厂了。

　　虽然没来得及告诉父亲喜讯，但我也不用告诉父亲黑木说我的作品"还有不足"了。我觉得，那些不足之处在给摄影名家当助手的过程中就能意识到。反过来说，如果我继承鱼糕工厂，就丧失了找出自己不足的机会，成为摄影师的梦想就破灭了。我一直都这么对自己说。

　　我的情况，不知道智子能理解几分。她把这篇小说交给我时没有任何解释说明，也许是想让我自己去寻找答案。

　　若是让我给这部小说加上结尾……

　　绘美到了火车站，却还是跟着未婚夫回家了。可她并没有放弃成为作家的梦想。因为我觉得，绘美要成为真正的作家，现在还不该出去。在爱中成长起来的绘美没有贪欲。不为贪欲所动的人，没法理解自己的灵魂追求的是什么，不知道自己想要写出什么作品。

做好放弃梦想的准备，却依然有写作的欲望，将内心深处涌现出的情感写成文章，这样的作品才具有绘美独特的表现形式，才有公之于世的价值。

也许有人会说，机会不可多得，与其害怕自己实力不行，还不如先扑过去抓住眼前的机会。

可是，有志于文学或艺术创作的人，不都要先学会面对自己吗？倾注了灵魂的作品一定会获得关注。无论作者住在乡下还是城市，最终受到评价的是作品本身。如果作品好，就算作者身居偏远，也会有编辑来约稿。

住在山间小镇的绘美用灵魂之作打动了全日本人的心。比起让她在城市变得出名，这个结尾不是更令人开心吗？

我不是丢弃梦想去继承家业，我是为了拍摄出自己的灵魂所追求的作品，才敢于推开梦想。

十岁的我能拍出那么美的照片，是因为只有三次拍摄的机会。因为有张数的限制，才把镜头对准了真正想拍的风景。

想拍张照片，把现在的想法保留下来。我放下那沓纸，拿起了相机。

崎岖之路

从富良野到旭川大约五十八公里。我在二三七号国道上疾驰。

——我的爱好是骑行。

听我这么说，大多数人都会说，真是闲情逸致啊。要是有人问我"是在河边骑吗"，我不会暧昧地一笑置之，而是会跟他们解释清楚。

——我是骑自行车去旅行，比如环北海道一周、纵贯东北、在信州挑战超级越野林道。当然，我也环行过九州和四国。本来想花半年时间南北贯穿日本全岛，可父母送我上大学不是让我做这些事的，我的主要任务是学习。我这么劝说自己，等到放假时才骑车去旅行。夏天尽量往北去，春天和秋天就跑去南方。要是有三天以上的假期，我就到中国地区、东海地区[①]那些没去过的

[①] 中国地区位于本州岛西部，包括鸟取、岛根、冈山、广岛、山口五县。东海地区位于本州岛中部临太平洋的一侧，包括爱知、岐阜、三重、静冈四县。

地方去刷新版图。乘电车或轮船过去，再沿着目的线路骑行。乘电车时就把自行车折叠起来，用袋子装起来提着走。用的是专用装车包，可还是挺沉。算上其他行李，大概得十五公斤以上。我几乎没有因骑自行车而跌伤过，可走路时，挎在肩上的装车包会把我的胳膊和大腿撞得青一块紫一块。全家一起泡温泉时，妈妈看着我身上的瘀青叹气，我觉得挺对不起她。可当我征服了所有都道府县的瞬间，瘀青、晒伤、色素、雀斑，还有在坡路和雨水中长时间骑行的痛苦，全都被成就感吹得烟消云散了。我最近一次去的是冲绳县。宫古岛、石垣岛、西表岛……还有八重山列岛，我都骑遍了。自行车被波浪和海风折腾得不成样子，旅行归来后，我把它好好保养了一番，让它随时可以再次踏上征程。自行车是我的重要旅伴。

找工作时，我都会简要介绍骑行经历，提出希望利用自己的特长……这样几场面试下来，在入夏之前，我被一家电视节目制作公司内定了。那家公司的规模虽算不上最大，可制作的好几部电视剧我都有印象。我不知自己能否被分配到电视剧部门，但能找到这份跟故事打交道的工作让我很开心。

而且，在大学最后一个夏天，我又能来北海道骑行了。

我去过的都道府县都有各自的风景，可若是让我选个曾经去过的地方骑行，我还是会选北海道。上个月我刚和清水刚生分手，他和新女友要去冲绳旅游，我并非是和他斗气，才选择来这片北方大地的。

宽阔笔直的道路两旁是一望无际的土豆田，让我想起在小学家政课上学到的内容：开白色花的是"男爵"，开粉色花的是"五月女王"①。"男爵"适合做土豆泥和薯片，"五月女王"适合做咖喱或土豆牛肉这些炖菜。这片白色的花田一望无际，一直铺向地平线。

这能做出多少袋薯片啊！

——你就不能思考一些更深层次的东西吗？比如，当意识到自己只是广阔大地上的一个小点时，何为自己的存在意义，之类的。

旅行归来的我常被刚生这么说。我不太喜欢在旅行途中使用手机。因为收到快餐店的电子优惠券或是租房信息时，会让我觉得没有远离日常生活。可要是看到自己特别喜欢的风景，就会照下来，简短写几句，发给刚生。

刚生的话，可以说是对这些邮件的总结。

——比如，眼前也许是葱郁辽阔的大地，可北海道肯定会有大雪覆盖的时节。只要想象一下严寒之后的萌芽，我就能感觉到秋收的崇高。可看看阿绫你的邮件，全是什么土豆泥和蒸芋头。自我至极，只能让人感觉到愚蠢。

我在白色花田的照片后面加了一句"刚出锅的土豆泥，随意撒点盐，就着啤酒，肯定很美味"，就发给了他，而这就是他对这封邮件的回复。

——旅行最大的乐趣就在于可以感受到日常生活中见不到的事物，你不往这些方面想，满脑子全是这个漂亮、那个好吃的，

---

① "男爵"和"五月女王"都是土豆的品种。

阿绫你的感受性也太差了。

现在想来他说得挺过分，可当时，我边听边反省，觉得他说得对，因为我还是很尊敬刚生的。

——这也会原封不动地体现在作品里啊。

我并不是一上大学就开始骑自行车去旅行的。

想尝试一些新事物，我最初叩响的是文学爱好者协会的门。

我从上小学时就喜欢读书。第一次写故事是在小学五年级。那是语文课作业，看图写作。画上是一只仰望星空的小兔子，我看着画尽情想象，越来越开心，继而埋头写起来。

小兔子为什么要抬头看星星呢？它是不是在星与星之间连线，连成胡萝卜座或是卷心菜座，还是连成兔子妈妈座呢？夜晚它孤身一人，兔子妈妈去哪儿了呢……

我写着写着，中途不时"扑哧"一下笑出声，写到最后却泪眼蒙眬。写出了这么有意思的故事，我很是满意。听说优秀作品会张贴在走廊的宣传栏里，我边觉得不好意思让众人看，边心痒难耐地期待着那一天。班里共有三十人，有五篇作品都贴进了宣传栏，其中却没有我的作品。

我咬着牙，强忍泪水，读了其中一篇作品。老师把他认为写得出彩的部分用红色的波浪线标了出来。

"小兔子那苹果一般通红的脸颊上，星星般闪闪发光的泪珠，扑簌簌地，像糖球儿一般滚落下来。"

实际上小兔子的脸不红，也没有流眼泪。就当是故事，不计较他的胡编乱造，我也不明白这段文字到底好在哪里。直到很久以后我才发觉,当时的课题是比喻修辞法的课后总结,自己的作品中却完全没用比喻。

我喜欢写故事,却写得不好。我当时只是这样心灰意冷地想。

自那之后,我就算再写故事,也不会让别人看了,自娱自乐就好。

我加入文学爱好者协会,是觉得只要在这里学到基础,也许故事就能写得好一点。当时我甚至想,要是能推荐一些教材给我就好了。我读的不是文学系,而是社会学系。

刚生跟我同一天申请入会。他是文学专业国文系的学生,入会第一天就参加了前辈们的文学讲座,落落大方地阐述自己的观点:三岛这样,三岛那样,对三岛来说怎样。我觉得他真帅啊。

——我想写出像三浦绫子的《冰点》那样的作品。

光这个自我介绍就让我绞尽脑汁了。三岛说的就是三岛由纪夫,我连这一点都没能一下子反应过来。三岛的作品我连一本都没读过,一定不能让别人看出来,我紧紧抿着嘴,就差从里面咬着上下嘴唇了。每当刚生积极参与讨论时,我都边点头边装出一副"原来如此"的奇妙表情。

刚生对此给予了回应,他问我喜欢三岛的哪一部作品。我急中生智,想起了国语课上把作者和作品连线的习题中出现的《金阁寺》和《潮骚》,就撒谎说只看过这两篇。

——就凭这些加入文学爱好者协会,你还真是勇者无畏啊。

羞愧感涌上心头,但看刚生的表情并非是要嘲笑我。

——要写文章,必须要先读啊。

被他这么说了一顿，我便以借书的名义去了刚生的住处。有时会给他做顿晚饭以表答谢，就这样成了恋人。我们从没说过"我喜欢你"或是"跟我交往吧"之类的话。刚生对文学有着独到见解，我觉得他很厉害，对他心生敬佩。对我来说，这种敬佩之情和"喜欢"是同一类感情，我觉得是自己先喜欢上他的。

或许我也在期待，能让刚生觉得我"厉害"，而不是单纯的"喜欢"。

临近深山峠，左前方有一个很大的休息站。我被黄油的味道吸引，身体往左边倾斜。没有用力转车把，自行车还是朝我想去的方向滑去。

电车、汽车、摩托、徒步，人们用各种各样的方式来北海道旅行。若是列举各自的好处那三天三夜也说不完，但我喜欢自行车：能随时随地、随心所欲地决定旅行的路线。

商店前面摆放着长椅，好像大排档一样，我坐下来，吃完热腾腾的黄油烤土豆，又买了一根煮玉米。虽然黄油烤土豆已经吃到撑，但看见"日本第一甜玉米"的条幅时，又没法避开日光。不管是富士山，还是桃太郎，只要冠上"日本第一"这个词，就能增添几百倍的魅力。

白色的玉米熠熠生辉，形容为"像珍珠一样"也不为过。不是寻常的黄色，纯白色的圆形玉米粒儿饱满紧密地排列着。好像就是这个品种。啃一口，确实很甜。想着是不是看了广告的心理作用，再啃一口还是觉得很甜。口中的甜味还没消失，下一口已经咬下去了。整整齐齐啃下一排，之后吃起来就更轻松了，但又觉得这样一口气把它吃完太可惜了。

只咬下一粒。好甜。

要是刚生来吃,也许会把这个表达为"来自大地的馈赠,成熟丰润的甜味"之类,"一般的甜味容易让人联想到白砂糖,人们开始在日常生活中使用白砂糖源于……"把这些在网上搜到的关于白砂糖的说明文用类似于论文的文体写成长篇大论,好像他自己真的去研究过一样。而且,"甜味"和文章主旨都没什么联系。

甜就说甜不就挺好吗?非常甜,特别甜,不就得了。

——就因为你只会用这种单纯的表达方式,作品才一次都没被选上过。

是用五张稿纸来说明玉米的香甜,还是直接用"真甜"这一句话来表达,让大家趁热吃。读者会更想吃哪个呢,哪个看起来更好吃……我明白了,甜味不是最终的感情,重要的是这个甜味好不好吃。

结果不是比过程更重要吗?

"怎么回事,这个玉米,甜得吓人哪。"

三位大妈从观光大巴下车,在旁边长椅落座,其中一人拿着一根同样的玉米,边啃边说。

"真的,好像蜜瓜一样。"

"啊啊,真好吃。"

卖玉米的摊位排起了长队,应该不只是由于大妈们称赞的声音大。她们不是想宣传,也不是想卖弄自己的词汇量,只是原封不动地说出了自己的感想。

未加修饰的言语和行为能够打动人，说的就是这个意思吧。

若是从事需要去表现事物的工作，就需要去深入研究。话虽如此，我觉得用那些看似有意义，其实却毫无意义的辞藻去包装是不对的。

我逐排把玉米粒连根啃出来，一粒都不想浪费。盘旋在脑中的都是关于表达方式的拙劣见解。可是，当眺望笔直延伸到地平线的道路时，我渐渐不想再思考那些了。

不需要在头脑中创作。接受和理解眼前的事物，凭感觉去行动。之后，当触碰到想象难以达到的深层次世界时，一定会获得感动。

看着吃完的玉米芯，我意犹未尽，可要说在离开富良野之前再选个甜点，我还是要选夕张蜜瓜。蜜瓜被平均切成六块，按份出售。鲜亮的橙色果肉让我品味到了不同于玉米的另一种香甜。

北海道的食物真好吃——完。

在美瑛的全景之路旁边，有一所有名的摄影艺术馆，叫"拓真馆"。我之前来时去参观过，所以就没停车，一直沿国道前行。要去旭川，只能拼命蹬踏板。即便如此，也能处处满载美景，拼布图案般的丘陵很美，地平线告诉我地球是圆的。

可是，笔直延伸的宽阔公路并不平坦，全都是上下坡。下坡时能够借力加速，可上坡时能顺势冲上三分之一就不错了。我设定前三后七，二十一段变速，锁死前二后四的档位开始爬坡。要是踏板太轻，蹬的圈数就得增加，所以这是我骑上坡路时的最佳设定。

　　两辆摩托车超过了我，后面那位骑手还单手对我摆出 V 字形，我也摆出 V 字回应了他。对能轻松爬坡的摩托车骑手们来说，这样的上下坡路肯定再舒服不过了。

　　倘若公寓附近的那家店是摩托车店，如今我骑的会不会就是摩托车了呢？我会不会在路过商店橱窗时也发现一辆令我怦然心动的摩托车，就像发现这辆自行车时那样呢？

　　当我说起自己的车是骑行用的自行车时，就会有人问是山地车吗，看我否定，接着又问是越野自行车吗。我的自行车并不属于这二者。

　　旅行车，车形与公路车相似，但前梁和车胎都要粗一圈，适合在柏油路上长途骑行。直到二三十年前，提到骑行用车，这种车还是主流车型，但据说现在基本都停产了。自行车店老板依照自己喜好，把这辆稀有的自行车摆进了橱窗。

　　对于在乡野山间长大的我来说，自行车是非常重要的交通工具。爸爸总是出差或是单身赴任，大部分时间都不在家，妈妈晕车晕得厉害，连自己开车都会觉得难受，我几乎没坐轿车或公交车出过镇。需要的东西镇里基本都有，虽然没有书店和 CD 店，但从网上买的话完全没问题。我只有一点不满，就是像寒暑假那么长的假期，父母从没带我出去玩过。

　　收到朋友旅游带回的礼物时我很高兴，但每次我都会觉得自己所处的世界又小了一圈，心里很难受。

上高中之后，我的世界多少开阔了一些。每天我都骑自行车上下学，但路上并不轻松。单行道，十五公里，途中还有一段隧道里的坡路。即便如此，若是父母能给我买辆三段变速的轻型自行车，我就会很有底气，感觉像拥有了秘密武器。

高中附近有全国连锁的便利店、咖啡店和服装店，放学时只要稍微绕点路，就可以开心地逛街购物了。

周末要是无聊，就骑车出去，一直骑到邻镇。到大书店里的文库本专区，抽出那些看起来有趣的书，精挑细选。我觉得还是直接来书店选书更好。来书店的话，就会发现还有许多自己不认识的作家。现在觉得这很正常，可在网上买书时，只能检索自己认识的作家，只知道排在畅销书前几名的那五六个人而已。

赶上长假，我就会买一车筐书回去，从第二天起埋头读书。骑车去邻镇买书，书又会带着我去更远的地方。

书与自行车的共同之处就在于，它们都能让我的世界更开阔。

上大学后，何止是出了镇，连县都跨了。来到神户之后，我觉得自己的世界更广阔了，对此很满足，却在不经意间看到了这辆深蓝色的自行车。它似乎不是为街道而生，我有一种预感，它能带我去更远的地方，便将所有积蓄倾囊而出，当天就买下了它。

虽然买了车，我脑中的骑行线路也仅限于神户、大阪和京都。因为印象并不明确，也没那么确定，或许，我想象中的京都根本不是京都，也就是到三宫和大阪之间。

可是，自行车店的大叔突然说了一句这样的话。

——你是要去北海道吗？

高中修学旅行时去过最南端的冲绳，北边最远只到过京都，北海道对我来说，听起来就像个外国地名。

——自行车能骑到那么远的地方吗？

我探身问。大叔反问我，买这辆骑行自行车的目的是什么啊。不是为了骑车消遣，而是为了骑行。骑行不是得用摩托车吗？骑自行车能完成摩托车之旅吗？一天能骑几公里呢？骑自行车去北海道一般要花几天呢？对大叔的询问，我也报以一连串的提问。

大叔看我来买旅行车，就把我当成自行车队的人了。可我不是车队成员，甚至连自行车可以用作骑行都不知道。大叔了解了我的情况，就把自己骑行时的照片和地图拿给我看，从自行车旅行中最基础的部分讲起。

在我的印象中，自行车骑行很新奇，都值得上电视了，可大叔告诉我，夏天去北海道骑行的人有几百人之多，女孩独自一人去骑行也半点不稀奇。听他这么说，梦想的故事在我心中变得有现实色彩了。

我买下了自行车，大叔告诉了我一些必要的工具和制订计划的方法。那是我第一次去北海道，正好是在三年前的夏天。加上在渡轮上的时间，一共花了两周。

那时的北方大地，感觉比现在还要辽阔好几倍。眼前的道路似乎没有尽头，每当遇到上坡路，我都会想自己为什么要自找苦吃，很想哭。

但那种感觉仅有一次。第二次再去时，心中就会有所期待，这次也许能发现一些上次无暇顾及的风景呢。

我不仅想确认旅行和故事的共同点，还想去发现将它们融合起来的东西。

第一次旅行后，我回到神户的公寓，进门第一件事就是写小说。以自己为原型的主人公骑自行车去北海道旅行的故事，比起之前的作品有了一些长进。

在农田附近骑车时，农家的大婶跟我搭话，请我吃蜜瓜；骑到港口小镇时，渔夫大叔问我要不要乘船，我没帮上他的忙，他却请我饱餐了一顿墨鱼生鱼片。我虽然很开心，但随着旅行次数的增加，一种罪恶感涌上我的心头，心想自己会不会给当地人添麻烦了，到底是干吗来了。

在拉面店，我跟一位骑自行车旅行的男性坐同一桌，聊天时发现他也有过类似经历，但是他没有罪恶感。

——当面好好道谢，如果还觉得过意不去，知道人家住处的话，回家后写封信道谢就好。但我觉得，帮你的人并非是想让你道谢。只向对你好的人道谢，这并不是报答，而是应该把这份善意传递下去。

他一边这么说，一边拿起我的小票，站起身说。

——当我还是学生时，也被已经上班的骑行者请过好多次呢。

结果这次也是别人请客，但我心中却没涌出罪恶感。

——谢谢您请客！希望您一路顺风。

这样大声道谢之后，之前积累下来的罪恶感也烟消云散了。

这样的旅途轶事写了满满两百页稿纸，我决定先拿给刚生看。这是我进入文学爱好者协会以来的第一篇作品，就算是给男友看，我也心有抵触，可是成功完成历时两周、独自一人的自行车之旅，其中的充实感给了我勇气。刚生能不能从故事中读到无法用邮件和照片传递的感动呢，我的心怦怦直跳，等着他说出感想。

可是，我期待的话语他却一句也没说。

——这和外行人写的博客有什么两样。与其加入半吊子的创作，不如实事求是地写成日记更好。可是这种东西，对于除阿绫你之外的人来说，半点价值都没有。

比发现教室外面的宣传栏里没张贴自己的作文时受到的打击更大。可严厉的话还远不止这些。

——说起来，阿绫你究竟是为了什么才加入文学爱好者协会的？之前是问过你喜欢的作品，知道你更偏向大众文学。啊啊，可我没法容忍文学作品中使用"嗨皮"这种词。随意贬低文学价值的家伙太多了。这先暂且不提。我想说的是，在认真面对文学之前，别对作品的形式放松。你看过毕加索的画吗？因为他的基础好，才诞生了那种独创性。我想表达的意思你能听懂吧。

我应该是听懂了，顾不上去领会他话中的深意，只感觉难受，泪水夺眶而出。我不停地抬起胳膊用袖口去抹眼泪，却没有转身跑开，因为刚生的手温柔地拍了拍我的肩。

——对不起。这些话有七成是气话，气你这两周一直都让我担心。有一成是羡慕，羡慕你玩得挺开心。还有一成是，我没在你身边，但从你的邮件中完全看不出你想我。

他的话让我觉得旅行和文学都无所谓了。在那之后，刚生让我读了他在我旅行的两个星期里埋头奋笔疾书而成的短篇小说。

"金科玉条""愚者一得"这些我从没见过的四字成语在小说中随处可见，其中寓意我连一半都没读懂，但听刚生说要给知名作家辈出的白桦文学奖投稿，我重新认识到刚生想成为作家的决心，感到自惭形秽。

——这两周只顾独自旅行，觉得只有自己才知道世界的广阔。

三个月后，得知刚生的作品通过了初选，我更敬佩他了。我从心底起誓，自己也要写出能得到他认可的文学作品。

我开始频繁地使用自己不太喜欢的比喻和日常生活中一次都没用过的成语。刚生读了，夸奖说比以前好些了，可我参加文学大赛时一次都没通过初选，跟上小学时一样。我觉得自己没有写作才能，在上大三之前再次放弃了写作。

我完全搁笔，本以为刚生会对此很生气，可他却温柔地说这勉强不来。我去骑行时，他送我的目光也比之前更温和了。

对于我邮件中的拙劣语句，他也不再订正了。

……身体打晃，膝盖很疼。前轮轧到石头，自行车歪倒，我摔飞在路上。下坡时没攥刹车，这是我的坏习惯，为了下一个上坡路能轻松点，下坡时还额外加速。没有汽车开过来真是万幸。

我抬起自行车，推到路边。右膝正在流血，我却没带创可贴。第一次旅行时消毒药和膏药倒是全带着，可完全没用上，一年前左右就从随身行李单上划掉了。

这是我骑行生涯中第一次出血。我用水壶里的水把伤口冲洗干净，用手巾按压了两三次，血止住了。不是什么严重的伤，也没那么疼。

因为脑中一直在想着刚生，连拳头那么大的石头都没看见，这让我很窝火。

我骑进了旭川市。路边的景色变成了鳞次栉比的建筑物。不是招揽游客的土特产商店和挂着大招牌的餐厅，而是手机店、家居超市等其他城镇也随处可见的店铺。全国的城区入口都差不多，不论去哪个城镇，穿过入口的那一瞬间都会让我有回家的感觉，而接近城区中心，那座城镇的独特韵味就会浓厚起来，提醒我这是在旅途中。

已经过了中午，我正想找家拉面店吃顿午饭，突然发现国道和另一条路的交叉口有一家便利店。我把自行车停在停车场附近，想去买包创可贴。虽然是个大城镇，可"停车场的面积是建筑物的三倍"这点和老家那边无异。两年前，老家的乡镇里也有了便利店，自那之后，宽敞的停车场就成了当地中学生的逗留之地。

这里也一样。停车场里有五六个穿着校服，貌似初中生的男孩子，也许是刚参加完社团活动或是补习班，还没回家。他们把自行车停在建筑物背阴的角落，坐在地上喝着饮料。其中一人喝的绿色瓶装汽水，和老家乡下浴场里放着的一样。我开心起来，原来这种饮料还在一直生产呢。

我买了创可贴和汽水，在自行车前坐下。在便利店的停车场里喝汽水这种事，我平时肯定不会做。这是只有在旅行时才能做的事。我四下环视，目光停留在一个倚着一辆白色轿车，站着吃冰淇淋的男人身上。不知为什么，我觉得他肯定也在旅行。

看见同路人，我安下心来。正喝着汽水，突然听见一句带有怒气的"你说什么"，是从初中生那边传来的。

"你给我再说一遍！喂！"

相同的声音变成了怒吼，响彻整个停车场。说话的男生站起身，朝坐在最里面的一个男生逼近，拽住了他的衬衫领口。

"让你再说一遍！你没听见吗？"

话音未落，就一手揪着领子，另一拳打过去了。

我的心像被攥了一下，身体缩成一团，脑子里想着这是怎么回事儿，脚下却连一步都挪不动。围在两人身边的那些男孩子也跟我一样。打人的男生似乎受到了巨大的冒犯，依旧怒气难平。

"道歉啊。给我跪下！"

他怒吼道，连嗓子都喊破音了，可被打的男生似乎没有道歉的意思。虽然看不清表情，但他似乎一直抬头直视那个打人的男生。或许是吓得连话也说不出了，或许是还没反应过来自己怎么惹朋友生气了。

"开什么玩笑！"

打人的男生松开被打男生的领口，站了起来。被打的男生用手肘撑在地上，稍微抬起了一点身体。我还以为这场架打完了，一瞬间，打人的男生弯腰从地上捡起了什么，抬手抡向被打男生。

是汽水瓶。

"不可以……"

我大喊，可声音根本传不到那边。这时，从那个男生身后伸出两只手，把他抡汽水瓶的那只手抓住了。是刚才吃冰淇淋的那个人。

"你想干什么?"

男生的手还被攥着,他回过头,瞪着冰淇淋男。

"不能用瓶子。"

"啊?关你什么事。"

"我不知道你们是什么关系,但不能用瓶子打人。"

"……啰唆。"

男生甩开冰淇淋男的手,把瓶子往脚下一扔,就骑上自行车离开了。除被打的男生之外,其他的男孩子也慌忙追了出去。他们是一伙的。停车场里只剩下了被打的男生。

"没事儿吧?"

冰淇淋男朝他伸出手,但男生却没理他,自己站了起来。他淌着鼻血,却没有擦,只顾拍打屁股上的土。

"要是不嫌弃的话,用这个吧。"

冰淇淋男从上衣口袋里掏出一块手帕,递向男生。

"多……"

我没听清他说了什么。男生没有接手帕,骑上自行车径直出了停车场,朝刚才那些男生离开的方向追去。

男人一副很无奈的表情,朝我这边看……我觉得他在看我,就朝他轻轻点了下头,但他好像没有注意到,转身钻进了车里,朝另一个方向开去。

停车场里只剩下我一人,膝盖发抖,眼泪都快流出来了。刚才的擦伤已经不再出血,也没那么痛了,我贴上创可贴,两手用力锤了一下大腿给自己鼓劲儿，站了起来。

真吓人，是怎么回事啊，我真想找个人说说。可就算有人听我说，也不能让我的心情变好。自己是个没有勇气的懦弱之人。一旦被这种想法控制，就想消失在人群中。

朝目的地前进吧。

我从三浦绫子文学纪念馆出来，到外国树木标本林中散步。纪念馆里人很多，这里却很安静。刚才还想消失在人群中，可看文学馆里的每个人都很有心计的样子，我就逃也似的出来了。本来还想认真参观呢。

与三浦绫子的《冰点》邂逅是在高二的暑假。我骑车到邻镇大量买书时，会事先决定当天的主题。

今天按书名买，今天按封面买，今天只挑排名第二的买……在骑自行车驶过坡道时思考这些事也是乐趣之一。那天我突然想到了名字。我想起比我小三岁的妹妹边看女明星拍的广告，边说"她好像要拍电视剧"，告诉我一些特别详细的信息。我嘲笑她说，我还以为只有男生才对美女感兴趣呢。她却回答，因为名字跟我一样才支持她的。

我没听说过有作家叫芝田绫子，但叫绫子的作家应该还是有的。

我用书店的检索机查询，买了三本三浦绫子的文库本：《冰点》的上下册和《盐狩岭》，还买了有两本曾野绫子的文库本《天顶之蓝》上下册。查到了两个知名作家，我高兴地想，绫子这个名字的笔画还挺适合作家的。忽然有了一种积极的心态，觉得自己不是不擅长写故事，而是语言表达能力的问题。我脑中浮现出一个想法：上大学后就去学习写作。

买书是为了消磨暑假，可《冰点》上下两册我一天时间就看完了。我被吸引到了故事的世界中，一直在猜测后面的内容。因为章节不长，本想看完一章就睡，可又读到了下一章，故事的结构让人无法合上书页，这也是整本书读完之后我才意识到的。

最吸引我的还是登场人物的心理描写，无论是美好之处还是丑恶之处，都表现得令人拍案叫绝。主人公自不必说，其他人的心情我也能理解。正因如此，才会因每一个情感冲突而感到痛苦。我听说还有《冰点·续》，就在网上买了；又听说小说已经被拍成好几个版本的电影，就去镇上的图书馆借来了DVD。

里面既有与自己的想象相似的场景，也有完全不同的场景。许多台词都是小说里的原话，但我一直铭记于心的词句却不知为何被删掉了。尽管如此，电影中那银装素裹的大地和高耸的针叶林是如此的广阔浩瀚，那景色仅靠我脑中的印象和想象根本就无法企及，电影将我在读书时展现在脑中的世界变得更加立体了。

找工作时我想，倘若自己没有写作的才能，那就去找个能把好故事拍成电影的工作。也许就是《冰点》这部作品让我产生了这个想法。

如此说来，《冰点》应该一直都在我心里，可第一次来北海道时我却没来这里。那是因为，虽然我找到了骑行和读书的共同点，但还是会把它们分开看待。

自行车店的大叔也推荐我去电视剧《北国之恋》的舞台富良野，但他说可以把旭川作为中转站，吃碗拉面之类的直接往层云峡去。神奇的是，让我把自行车和读书结合起来的竟然是刚生。大三的夏天，我去东北骑行，到了五所川原却没去斜阳馆，刚生很替我遗憾，仿佛错过机会的是他自己。我看着他，突然意识到了这点。

得知我更后悔没去旭川，刚生目瞪口呆，那之后不再对搁笔的我进行关于文学的说教了。

——就算主人公是杀人犯的女儿，她本人也没有任何过错，母亲的行为又不合常理，这里让人觉得不符合现实，没有代入感。

这是刚生对《冰点》的感想。我很吃惊竟然有人如此解读这部作品，而且是个想成为作家的人。或许他说得有道理，可人的情感是剪不断理还乱的，不是正因为如此，才会诞生描写各种人际关系的电视剧吗。

不，用大道理去解释人的感情，不就是在为感到后悔的自己找借口吗？

就像在便利店的我那样。还有，像那个时候那样……

刚生知道我在找工作，但不知道我去电视节目制作公司面试的事。我没跟他细说，是因为刚生一直都没找工作。他说是想以在校学生的身份出道才留级的，但我能察觉到，是他的学分差得太多，一年时间根本补不回来。

——身处这样的时代，别把自己逼得那么紧，轻松地去面试不就挺好？如果最后哪儿都不要你，就回老家去，让你老爸托个关系，给你安排个农业合作社文员的岗位也挺好。阿绫你的命真好，跟父母没矛盾，还能有个避风港。

我并没有跟他吐苦水说面试没过之类的话。刚生来我的公寓找我，跟我汇报他通过了白桦文学奖的复选，他看见我房间里挂着面试用的正装，就说了这些话。

刚生从没想到我能被内定。他能满不在乎地说出让我回乡下的话，也许是因为和我交往时就已经计划好了——毕业就分手。他说让家里人托关系，可父亲只是镇上工厂的锅炉技工。在当地找不到活儿，父亲从以前就经常独自去外地工作，他这样的人不可能去给女儿解决工作问题。为什么是农业合作社呢，况且我是第一次听说刚生和父母之间有矛盾。宝塚歌剧团的月组每次演出时，刚生的妈妈都会来神户，在儿子的公寓里借住，她看上去人很好。他们之间能有什么矛盾呢？

刚生总说我没有观察力。他觉得自己能看透人心，但最终只是创作了一个单薄的故事，自以为理解了而已。如果这个单薄的故事被人否定，他就会觉得自己的观察力和作家才能被小看了。

我收到内定通知后很开心，邀请刚生吃饭。我想找家像样的店庆祝一下，心中还暗暗期待刚生会为我找家店庆祝，甚至还傻傻地幻想他会对我说"你以后也把我的小说拍成电影吧"。那天，我约他去之前常去的居酒屋，跟他说今天我请客。两瓶啤酒上桌，在干杯之前，我把内定通知在刚生面前展开了。

没有祝贺的话。

——发现自己没有文学才能，就跑去这种电视制作公司，你难道没有自尊心吗？放弃自己梦想的人，为跃入了安逸的世界而举杯庆祝，这不是跟买不起真钻石，就用假钻石来自我满足的人一样吗？我挺想庆祝你找到工作的，但是没法跟你干杯。

他说了这些话，自顾自地呷了一口啤酒，滔滔不绝地讲起来，说自己要是给白桦文学奖以外的大赛投稿早就拿到奖了，可若不是通过白桦文学奖成为作家，就没有任何价值。

——要是因为喜欢电视剧才进制作公司，也许能制作出有意思的作品，但那些逃避梦想、向现实妥协的人只能制作出大烂片，只能给身边的人添麻烦，最终难受的还是阿绫你。你真的要去那里工作吗，不再认真考虑一下了？阿绫你一直喜欢自行车，不能找个那方面的工作吗，比如户外装备的店员之类的。嗯，肯定更适合你，今后我也想看到阿绫你开心地生活啊。你知道吗，我在好多地方都跟人炫耀说，我的恋人是个喜欢旅行的女生。

听他这么一说，我也觉得自己不适合那份工作了，也开始担心，自己没有写作才能的话，能不能制作出好的电视剧。最让我高兴的是，他用了恋人这个词，我心中开始摇摆，是否应该考虑一下其他选项。

就在回去的路上——

我们正往刚生的公寓走，从一条路灯昏暗的小巷里传来了女人的惨叫："住手！不要！"我循着声音往里走，发现一个年龄与我相仿的男人正在一脚接一脚地猛踢躺在他脚下的女人。

——住手！

分不清是我先喊出声，还是对方先跑过来的。感觉不妙的时候，眼前已经出现了一张男人的脸，叫道"少管闲事"。我脸上挨了狠狠的一巴掌，倒在了路上。

"住手！"现身帮忙的人并不是刚生，而是一个完全陌生的男人。他跟我道谢，说已经没事了。我几乎是手脚并用爬回了大路上。刚生正站在离得稍远的一处路灯下。

——你流鼻血了，没事吧？

我的心怦怦直跳，连喘气都很困难，两腿瑟瑟发抖，但我没有扑到刚生怀里哭诉心中的恐惧。走到离他几步远时，我停下了脚步。

——你为什么不跟我一起过去？

我只是说出了自己的真实想法，刚生却好像听成了我在责备他。

——难道你在责备我？你是想说跑去救人的你很英勇，没去的我是个胆小鬼吗？

我完全没这么想，只是觉得太可怕了。

——有公司录用你，你就觉得自己很了不起了吗？要是对方拿着刀子之类的凶器可怎么办，还是说你已经想到了这一点？你怎么可能想得到。自己受伤或是死了，身边的人该有多难过，这些你压根儿就没想过。宝贵的生命是父母赐予的，但凡生而为人，就有义务把生命延续下去，可阿绫你却觉得这条命就是你自己一个人的。你肯定也想过要一个人生活吧。只是独自旅行就让你有了这种想法，从某种意义上来讲倒是挺难得，但那只是你的自以为是。也罢，如果你错以为这就是维护正义，那就随你好了。顺便说一句，我没去帮你，是因为我知道那些家伙经常在这附近吵架。那两个男人是朋友，那个轻浮的女人在两人之间摇摆不定，仅此而已。真像一部烂电影。对那些家伙来说就是一系列的闹剧，不是别人能插手的。

如果是这样的话，不是更应该来帮我吗？如果事先知道他手中没有刀，知道马上就会有人来制止的话。

——衣服都沾上血了，你回去吧，我给你叫辆出租车。

这是我最后一次和刚生见面。莫名其妙的是，两周后，一个之前和刚生没有任何接触的朋友跟我汇报说，她和刚生交往了。我不明白她为什么哭着跟我说抱歉，但我不想追问，也不想去问刚生了。

或许，这并非完全出乎意料。

我哪里做错了呢？

欧洲赤松，欧洲落叶松，东部白松，欧洲云杉，虽说十年前遭遇过台风，但抬头仰视时觉得针叶林比在电视上看到的还要高大得多。天空很遥远，我是个渺小的人类，委身于林中的舒适感就是证据。我想把仰望的景色原样拍下来，但已经没有要发送的对象了。

用手机拍是为了发送给别人。既然发送那一步省了，用相机拍就好。我从腰包里拿出数码相机。虽是小相机，但性能很好。可无论怎么调镜头，都没法把高大的树木全部收入取景器。我下到洼地,猫着腰,差点就蹲在地上了。但即使这样透过相机往上看,依然照不出自己想象的画面。

"我帮你按快门吧。"

身后传来一个声音。这个人我好像在哪儿见过……是冰淇淋男。我"啊"了一声,不知怎么接话,便把相机递给了他。看他肩上挎着一台很好的相机,摄影技术应该不错吧。

"我想照出树木很高大的感觉,就好像里面隐藏着好多生物。"

跟一个陌生人这么说话,我也觉得有些难为情,可还是觉得最好把脑中的画面告诉他。

"啊,这样啊,有时候确实能看见松鼠呢。这样的话……"

冰淇淋男拿着相机,走到了树木附近。我并没有说松鼠之类的能够用肉眼看见的东西,看他走得那么近,我也担心他拍不出来,反正就拍一两张,拍成什么样子都没关系。

"这种感觉可以吗?"

他走回来把相机递给我。照片里的树木高耸入云,后面的树枝上还有奔跑的松鼠。

"真厉害,连松鼠都拍到了!"

"碰巧的。我很幸运呢。"

如果是用手机拍的,就可以发给对方了。虽然有些遗憾,可他那部好相机里,应该有许多比这拍得更好的照片,也有很多只松鼠吧。我道了谢,把相机收了起来。

"你是刚才在便利店的那位先生吧?"

我终于开口问他。

"啊，你看到了吗？真惭愧啊。"

冰淇淋男害羞地挠着头说。

"为什么啊？我才惭愧，什么都没做。"

喊出了声可脚却没动，是因为之前挨耳光时的那种恐惧感被唤醒了。

"不是啊，但当时貌似真的是我多管闲事了。"

"哎？"

好像被打的男生只说了一句"多管闲事"就走了。明明被救了还说这种话，我挺生气。但看冰淇淋男只是微笑，好像在说算啦算啦，我也就附和地笑了笑。

"可当时你要是不制止，就会出大事哪。"

"嗯。也许对方就是想装腔作势吓唬他一下。那个被打的孩子说的话也很过分。"

他好像听到了对话。"虽然是别人的话，但还是不愿意转述给女生听。"他支支吾吾地告诉我，被打男生与打人男生的女朋友发生了关系，事情悉数败露，还出言侮辱那个女生。

先不考虑他们只是一群乡下的孩子，这就是刚生说的，不是他人必须介入的事。

"算啦，我也不是因为正义感才去制止的，就是那一瞬间的念头，觉得不能用瓶子打。"

"我也是。打架归打架，不能用瓶子。"

"那么，能制止他也好。我抓住他胳膊时心里还觉得'糟了'，对方还是挺有劲儿的哪……不过，我没挨打真是太好了。"

冰淇淋男这么说，抬头仰望跟前的树木。我们视线交会。

"啊，松鼠！"

我们都取出各自的相机，接下来进入了拍摄时间。

"自行车，好酷啊。"

我把相机收进包里时他这么说。我不知他说的是自行车还是骑车的我，就没接话。见我沉默，他又补充说，我骑车时，他多次经过我身边。我没听懂，他开车比我快，怎么会多次从我身边经过呢。他说是为拍照停过几次，我才想起自己多次从一辆停在路边的白色轿车旁经过。

冰淇淋男名叫柏木拓真。他自我介绍说是"拓真馆"的拓真，我幻想着这个人或许也是因为名字才与摄影结缘，立刻对他产生了一种亲近感。听他说本职是卖鱼糕的，拍照只是爱好，这更让我倍感亲切。

"我叫芝田绫子，和三浦绫子名字的汉字一样。以前也写过小说，想成为三浦绫子那样的作家，但感觉自己没有这方面的才能，就放弃了。已经定了明年去一家电视制作公司工作，可又怀疑没有写作才能的自己是否适合这份工作……"

"当然适合了！"

我是笑嘻嘻地跟拓真讲，可拓真回答我时却一脸严肃。

"我没看过绫子你写的故事，所以没法评价你是否有才能。你喜欢写故事，虽然这份工作的形式不同，可你不是已经凭借自己的力量找到了一份创作故事的工作吗？这简直太幸运了啊。"

"可有人说'成不了作家才退而求其次去制作电视节目的人，

肯定做不出好节目'。"

"谁说的,他这是嫉妒,是羡慕绫子你离梦想越来越近啊。"

"真的是这样吗?"

"你说你啊。你是想写故事,还是不想写呢。五秒之内回答我!好,五、四、三……"

"想写!"

我大声喊了出来,声音像是要穿过针叶林,直冲云霄。

"那么,加油吧。"

拓真咧嘴笑着,然后"啊"了一声,音量不亚于我。

"这是一种召唤呢。"

"哎?"

"我对小说没什么兴趣,可来这里不仅是想看标本林,还因为我对作家这个职业产生了一些兴趣……总之,我有一件东西必须要交给你。"

拓真说完,就原路跑了回去。

从停车场跑回来的他,递给我的是一个牛皮纸信封。

"里面是一部短篇小说,你独自一人时读读吧。"

拓真说今天要开车到层云峡,就转身要走。我有些摸不着头脑,十分钟之前他还那么悠闲地拍照,怎么说走就走呢。他又说要是照到松鼠就把照片发给他,跟我互换了邮件地址,我这才放心,他不是逃跑。

我也不着急走,觉得读读小说也不错,就在标本林里一个小广场的长椅上坐下,从信封里抽出一沓复印纸。

题目是《天空的彼方》……

绘美在山间小镇长大。她与推理小说邂逅，自己也开始写作。几年后，一个奇迹般的机遇出现，她有机会成为东京人气作家松木流星的弟子。可为时已晚，绘美刚刚与相恋多年的青年"火腿君"订婚。没有得到"火腿君"的理解，绘美决定留在小镇，但最终，她还是无法放弃梦想，没带一件行李，只身乘巴士去了火车站，却发现"火腿君"在车站等她。

这就完了？我有点扫兴，可又想，这不是书，就算只写了一半也不足为奇。是拓真写的吗？但他说了对小说没兴趣。是谁写的呢，拓真为什么带着这部小说来旅行呢？小说的篇幅虽不算长，但旅行时带着这么个大信封未免也太占地方了。

我也意识到，拓真着急离开，也许就是不想被我问到这些问题。他希望我读这篇小说时，不带任何先入为主的观念。

在读故事时，我的头脑中浮现出老家乡下小镇的景色。虽然小说里没写街道名，可我觉得有好几处描写的就是我家周围的景色，比如绘美父母经营的面包店。去邻镇的公交车站附近就有一家个人经营的面包店，他家的面包被誉为"全镇最好吃的面包"。我骑车去邻镇高中上学时，有时会去那儿买面包。但那家店不叫"薰衣草烘焙坊"，而是叫"铃兰堂"。可铃兰对绘美来说也有十分重要的意义，不能贸然否定。

松木流星还健在，从这点能推测出故事描写的年代大约在半个世纪之前,店名改了也是有可能的。倘若如此,说明绘美没成为作家。如果小乡村里诞生了一位作家,就算她只出了一本书,也肯定会名留青史。我没听说过那个小镇上出过作家。她应该是被"火腿君"劝服,回家了吧。

等等,绫子。为什么非得是同一个镇呢?我是在用假定的事实推导结论。我把绘美与自己的身影重合,把"火腿君"和刚生的身影重合,我甚至能想象出"火腿君"是怎么说服绘美的:"你没有成为作家的才能,还是更适合开面包店,我希望你成为一个能烤出美味面包,让我引以为荣的妻子。"我想象着他们一起回家的身影,硬是没让绘美成为作家,难道不是吗?

绘美要如何选择才能幸福,别用常理去思考。

绘美是想写故事,还是不想写呢?

她是因为想写才去了火车站,那直接冲进火车里就好。若是因此与"火腿君"分手,也是没有办法的事。可"火腿君"不是刚生,他可以追上绘美,和她一起钻进火车。当"火腿君"发现自己脚上穿的还是在学校上班时的室内鞋,两人相视一笑就好;到东京的路途遥远,两人多聊聊天就好;抵达东京站时,"火腿君"问一句就好——

是去,还是回?

绘美沉默着走向人潮。因为她知道,一回头就会哭出来。她也知道,眼前的这条路并不平坦。可是,脚步一旦迈出就无法停下。"火腿君"也追不上了。

虽然不清楚原作的结局,但如果让我来把它拍成电视剧的话,那就这么结尾吧。

我掏出手机,拍下高耸入云的东部白松,将照片作为附件,开始输入文字。

"我能成为写出好故事的人!"

按下发送键后,我删掉了刚生的邮件地址。

超越时间 ──

在由摩周湖的浅层地下水涌溢而成的众多池子中，倒木沉而不枯的神子池如其名般神秘。池中溢满清澈见底的蓝色湖水。要去神子池，除了柏油路，还要走两千米的土路，绝对谈不上轻松，而摩托车的好处，就是连去这样的地方也不用犯愁。话虽如此，因为我的摩托车是公路摩托，也不得不放慢速度，小心谨慎地前行。

北海道的林道很多，许多摩托车爱好者主张北海道骑行首选越野摩托车。但无论是上次还是这次来北海道，我都觉得我的摩托车最合适。

KATANA，这位旅行搭档让我乘风飞驰，连心灵都得到了解放……应该是得到解放了吧。

我沿着土路返回公路。就算是旺季，这条路上的车流也很少，能够畅快驰骋。这就是公路摩托车的天下了。我在清里岭右转，朝里摩周展望台驶去。

在山坡另一边，辽阔的天空万里无云，可要问能否看见湖面，只有上去亲眼看了才知道。

《雾之摩周湖》这首歌正当红时我还没出生。可没来这里之前，我就已认识到"摩周湖总是笼罩在雾中"了。

展现在我眼前的摩周湖闪烁着碧蓝的光芒，比天空的蓝色还要浓重一倍，这就是摩周蓝。摩周湖是全日本透明度最高的湖，在全世界排名第二，仅次于贝加尔湖。我用手机拍下了好多张湖面美景，连左边的摩周岳也一并照了下来。

我没发送给任何人，直接把手机装进了腰包。

摩周湖有三个展望台，分别是第一展望台、第三展望台和我现在所处的里摩周展望台。第一展望台是摩周湖最主要的观光场所，能够近距离地俯瞰湖面，展望台上土特产店鳞次栉比，观光客很多。从第一展望台沿国道继续前行，就会到达第三展望台，在那里能够近距离地观赏摩周岳雄伟壮丽的景色，是第一展望台的配套景点，所以游客也不少。在第一和第三展望台之间好像还有第二展望台，但现在封闭了。我不记得去过第二展望台，可能上次来时就已经是那个状态了。

里摩周展望台和其他两个展望台不在同一线路上。它离湖面距离较远，没法俯瞰整个湖面，可在三个展望台中，里摩周展望台海拔最低，当其他两个展望台被雾气包裹时，这里多半也能看到湖面。

上次确实如此。

作为唯一能让我看到湖面的地方，在我心中，里摩周展望台是环湖骑行的必经之处，而且还有个最大的好处，就是可以途经神子池。除此之外，这里没有嘈杂鼎沸的游人，可以尽情从容地在观景台饱览湖光山色。我上午去了第一观景台，感觉游客比以前少了一半。那时，即便是浓雾遮住了湖面，也有很多游客过来，以至于在观景台上拍照都得排队。而这次人却很少，拍下湖面的景色之后，再花五分钟时间欣赏美景也不会有罪恶感。

不，观光大巴的数量并没有减少。只是骑行的人少了。上次来时，在停车场的一角，摩托车停了很长一列，不出一分钟就能看到十来辆人气车型。我当时还是个新手，往观景台走时看见别人车上的行李捆绑得那么整齐，心中满是敬佩。可如今摩托车队列的长度只有当时的四分之一。再看骑手，连我自己也包括在内，尽是些中年大叔。

少了的不仅是摩托车。当时在停车场，摩托车停的地方再靠里，密密麻麻停满了骑行用的自行车。而今天连一辆自行车也没看到。之前我去书店买观光地图时，看到户外专区里也摆着许多自行车骑行的刊物，我很纳闷这些杂志的读者都跑哪里去旅行了。自行车只用来上班、上学，或是周末在附近转悠的话就太可惜了。

即使最初买车时的目的仅限于此，当身体逐渐习惯和熟悉这辆车之后，难道就不想骑着它去远处看看吗？难道不会产生一种预感，预感这辆车将会把自己载向一个更广阔的世界吗？

追求更广阔的世界……或许我已经忘记这个对人来说再正常不过的需求了。

上次来时，里摩周观景台上也只有五个人左右，而且全都是骑手。今天只有我一人。不，又有一个人过来了，是个骑自行车的女孩。应该是大学生吧。她在停车场停好自行车，就向观景台走来。她大口喘着气。这段坡路对自行车来说确实很陡。

"你好。"

她开朗地跟我打招呼，呼吸已经平复了。真了不起。我慌忙回答"你好"。女生把身体探出栏杆，"哇啊"地欢呼了一声，接着从腰包里掏出一部小照相机，开始拍照。

这是我来到北海道的第二天。昨天乘渡轮到苫小牧，经由日高、襟裳岬，在带广的商务酒店住了一宿。今天从北海道三大秘湖之一的大沼湖出发，去了阿寒湖、摩周湖、屈斜路湖，还去了神子池和里摩周。遍历众湖，却还是第一次跟其他旅人打招呼。

以前，无论是当地人还是旅人，只要擦身而过，大家都会互相问候。就算在行驶中，也会摆出V字形或者伸出拇指和小指摆出骑行圈里的手势，举到头上，赞誉对方的勇气。就算遇到骑自行车的人也一样。

这次途中遇到的都是乘观光大巴的人，根本没法打招呼，我刚刚还觉得很失落呢。

"不好意思，能帮我拍张照吗？"

女孩走到这边，把手机递向我。没用刚才的相机。"好啊。"我应允着接过来，以摩周湖为背景给她拍了一张照。和我的旧手机不一样，人物和风景都拍得很清晰，她的手机真的挺不错。我这么想着，把手机还给了她。

"谢谢。"

女孩接过手机，小声说了句"拍得真好"，就开始原地操作手机。

"发给你对象啊？"

给她拍了照片，我感觉放松些了，不小心问出了这句话。也许她会认为"这大叔真是个自来熟"。而且我刚想到，现在这些孩子都用"男友"这个词，不用"对象"这个称呼了。

"不是，发给朋友，好像也不算哪……是来这儿之后才认识的人。"

女孩点了发送，抬起头来说。脸上没有警惕，还是在微笑。

"那就好。如果是对象的话就坏了。"

我趁热打铁地直接说。女孩子一脸疑惑的表情。

"因为有个迷信的说法，要是看见摩周湖的湖面，婚期就会延迟呢。"

"哎——这样啊！"女孩惊呼道。

我就是怕她不知道才说的，没想到她真的不知道。

这对以前的旅人来说就是个常识，现如今却……不，之前告诉我的，好像是我那个从不旅行的女友。

当时我在第一展望台买了明信片，上面的图片是波光粼粼的摩周蓝湖水，我当场在明信片上写下"其实湖面都被雾遮住了，挺遗憾"，就投进邮箱寄出去了。旅行归来时，女友告诉了我这个迷信说法。

温暖潮湿的空气在北上太平洋时突然遇冷，极易在北海道东部沿岸形成浓雾，甚至有个地名就叫"雾多布"。位于北海道东部的摩周湖属于破火山口湖，寒冷的雾气越过外轮山，积存在破火山口内，覆盖整个湖面，因而有了这一现象。即使天空很晴朗，也看不到湖面。

这也挺好。听说要是看见摩周湖的湖面，婚期就会延迟。

我之前以为，是当地的旅游协会怕没看到湖面的人觉得白跑一趟很遗憾，怕摩周湖给游客留下不好的印象，才想出这个迷信说法。但看到女友挺高兴，我就没再多说。我没告诉她我在里摩周看见湖面了，也没问出口是谁的婚期。

"但或许是真的。因为我刚和男友分手。"女孩若无其事地说。

我却不知该怎么接话了。不小心说了这种奇怪的话，要是把她惹哭就麻烦了。不，比起这个，虽然我是个大叔，可跟才认识的男人说"刚跟男友分手"这种听起来像是给对方机会的话，终究还是不太合适吧。

——老爸的说教，我已经烦透了。

是啊，或许年龄相仿，但这孩子不是美湖。

"这个迷信，对结了婚的人来说会有什么影响？"

"那倒是没听说过……"

我看看左手无名指。看到湖面的话，应该不会离婚吧。这几年里我的体重增加了十公斤，要是离婚，不切掉这个手指，戒指都摘不下来。

"能成为有钱人，或是成不了有钱人，好像是有这样的说法。"女孩边操作手机边说。

我也有同样的工具，可我就想不到用它去查资料。

"还有的说,要是在里摩周,迷信说法就完全相反。"

"可像今天这样的天气,无论哪边都能清楚地看到湖面,不就自相矛盾了吗?"

"这样啊,骑摩托车的人在一天之内这两个地方都能转到呢。我是想看神子池才选的这条路线。"

"你连那边都去啦。真厉害哪。"

我只能感叹。一段音乐声传来,好像是女孩的手机铃声。

"刚才的人希望我再拍些照片给他发过去。"

"那我再帮你照几张。"

"不,他大概只想要风景照吧。他发邮件说,前天去第一展望台时赶上了阴天,昨天从女满别乘飞机回去了,说之后就拜托我了。那个人学过摄影,所以我还挺紧张的。他好像连神子池都不知道,我还以为他近期不会再来北海道了,可他给我发邮件说明年还想再来。我是第二次来,北海道真是让人欲罢不能啊。"

女孩笑着说完,对着湖的方向举起手机拍照。原来如此,就算现在没回家,在旅途中也是可以互通邮件的。

上次来北海道旅行时,我跟五十多位旅人交换了地址。第一次与人交换地址是在旅途的头一天,我与在富良野 Rider House[①] 结识的人一起参加了"肚脐舞祭",聊得很投缘时,他朝我递出了笔记本,小小的笔记本上记着全国各地的住址。我在上面写上我的住址后,觉得很开心,自己也算个旅行者了。之后,

---

① 专为摩托车旅行者提供住宿、洗浴、洗衣等服务的店,店主多为摩托车旅行爱好者。

我边递上自己的笔记本，边下定决心，回家时，我也要让自己的笔记本上记满其他旅行者的地址。

在旭川一起吃拉面的人，在礼文岛一起步行横穿岛屿的人，在猿涧湖一起看日出的人，在网走一起划皮艇的人，在钏路站挤在一个房间睡觉的人……笔记本转眼间就被写满了。

然而，我之前以为这一长串的地址不过就像观光地的印戳罢了。收集，自我满足，然后就结束了。可回到大阪的单身公寓后，打开信箱一看，里面竟有五封信。上面的寄信人名字我都不认识，地址也是我从没去过的县——是互换住址的人们寄来的。

还有人随信寄来了一起拍的照片，也有人写了之后的旅途经历。

同在关西的人甚至发出了邀请，写了"下次一起去旅行吧""再找个时间聚聚吧"之类的话。之后我不仅给他们回了信，还给笔记本里密密麻麻的地址都寄了信。

有些人到现在还会互寄贺年卡。我照了这么多照片，或许就是想给那些人发贺年卡用。头脑中甚至能浮现出贺卡上的文字：我也终于要复出摩托骑行啦。有能寄送的对象，真的很难得。

"拍到好照片了吗？"

我看女孩在收手机，问道。心里有几分期待她说，咱们交换个邮件地址吧。可她却把手机收进腰包，严严实实地拉上了拉链。

"拍照技术暂且不提，天气晴朗就给照片加分了。"

"那挺好。不光是在旅途中遇到的人，也可以跟家人炫耀呢。"

"我来北海道的事，父母并不知道。"

啥啊！我差点叫出声，慌忙把话音咽下去。小姑娘独自一人，还是骑自行车来北海道旅行，竟然瞒着父母吗？要是出了事，父母突然接到北海道警察和医院的电话，他们该有多震惊啊。

"告诉他们的话他们会担心，所以我都是先斩后奏，回家后带着土特产去跟他们说。但也会让他们有个心理准备，女儿说不定什么时候就又跑出去了。"

女孩面不改色地说。

应该不是跟父母不和，可先斩后奏未免也太过分了。要是美湖说要一个人骑自行车去旅行，我至少也得先让她交个日程表。不，或许我会反对，告诉她太危险了别去。啊啊……所以她才会那么说我。

——为什么您这么固执呢。视野狭窄这个词，不就是专门形容爸爸的吗？

瞒着家人跑出来的，是我。

"总之要注意安全，别出事。祝你一路顺风。"

"谢谢。"

到最后我也没听懂晴朗的里摩周湖到底有什么迷信，就在女孩微笑的目送中，离开了展望台。

我原路返回三九一号国道，向浜小清水方向行驶。今天的目的地是网走。我还想住上次的 Rider House。

虽然景点发生了一些变化，北海道的大自然却没变。真的过去了二十年吗？我有一种浦岛太郎般的心情。

开始骑行的契机并不复杂。大三的夏天，住同一栋公寓，比我高一届的学长恳求我出三十万日元买走他的摩托。摩托买了才不到半年，他好像急需用钱。我没有追问他急用钱的原因。

我一直想趁还有时间，把所有能考的证全考了，所以在考驾照时，除了普通的汽车，连二轮机动车也一起考了。大学时乘电车上下学，离公寓最近的车站也要步行二十分钟，想着有辆摩托正好，就爽快地答应了。我现在每月只有五万日元的零用钱，三十万日元搁到现在来说还真算是很大一笔钱了。可当时的年景好，在居酒屋打工的工资每月也能有二十多万日元，我有一百多万日元的存款，就没过多犹豫。

更何况我之前就经常望着那辆停在公寓停车场里的摩托车，心想"真酷啊"，现在它要变成我的了，真是求之不得。或许当时我正想着"学长你跟我说就对了"，心里在鼓掌欢呼呢。

受我恩惠，双手合十感谢我的学长在第二个月就搬走了。我擦着完全归我所属的摩托车，觉得只骑它去上学未免有些可惜了，就想着骑它出去旅行。到书店的摩托车专栏一看，书架上摆了许多杂志都标榜为北海道旅行特刊，我恍然大悟，摩托骑行还是得去北海道啊，于是毫不犹豫地决定了目的地。一向行事谨慎的我，这次却没有想"先去近处看看"，如此毫无畏惧，现在想来都觉得不可思议。

我之前一直觉得，人从学生时代起就不会再改变了，何曾想到，如今自己的性格竟与之前截然不同，想象中自己以前的身影已经模糊不清了。

我用剩下的存款买齐了装备。得知乘渡轮去北海道既便宜又方便，我就订了船票。做完这些之后，我才跟交往了一年的女友汇报。看她有些难过，我也心有不忍，可她提出了两个条件，就微笑着送我踏上旅程了。

——给我寄张摩周湖的明信片啊。还有，如果你要给我带礼物，就带个木雕类的东西吧。

就这样，我在第一次旅行中知道了一件事。这台曲线硬朗、排气量四百CC的摩托车，车身颜色是金属红。在Rider House遇见的人全都在我的摩托车前驻足，还有不少人想照相。

——还是第一次见到红色的KATANA呢。

我这才发觉自己从没见过其他相同的摩托车。有个人发现我完全不知道自己的摩托车有多牛，就给我讲了一整夜有关KANATA的知识。

铃木的KATANA于一九八〇年在德国车展上推出了排气量一千一百CC的摩托车。名如其实，以日本刀为主题的设计引人注目，次年起开始出口欧洲。日本对两轮车的排气量上限有限制，最高不能超过七百五十CC，所以在八二年，又开始销售排气量七百五十CC的车型。然而，该车型为了通过外观检验，改变了车把的形状，因而受到了很大非议。八四年，面向日本国内的车辆宣布停产。但国外销售的排气量一千一百CC的车型却人气依旧。受其影响，日本从九〇年开始再出口初期车型的复刻版。接着，九一年开始销售二百五十CC，九二年销售四百CC的同款车型。这些排气量低的车型，也曾被人戏谑为KOGATANA（小刀），但在摩托车迷中很受欢迎。

总的来说就是这样，我的摩托车是九二年销售的车型。

此外，他还告诉我，这种车型没有生产红色，我才知道它原本的颜色是银灰色。

这么一说我才想起学长最喜欢红色，可我没有特意解释是之前的车主喜欢，因为我自己也很喜欢这个颜色。有人打趣说，学生就能买得起这么好的车，我说是花三十万日元从熟人那儿买的，对方听后很佩服地说，那可真是买值了。也有人说，你那个熟人肯定很缺钱。

得知这辆摩托车的价值，我更喜欢它了，但喜欢它还有一个更重要的原因，就是在旅途各地听到初次见面的骑手说"这就是传说中的红色KATANA吗"的时候，真的让我非常开心。摩托骑手只要聊天就会聊到摩托车，互相告诉对方自己见过的罕见摩托车型。若是之后碰见别人说过的摩托车，感觉就像中了大奖。自己的摩托也在此列，这最让我引以为荣。

虽然我承认，自己的车与装备成假面骑手一号的摩托车相比确实还差了那么一点吧。

鄂霍次克海就在眼前。虽然对居住在四国岛香川县的人来说大海并不那么稀奇，可濑户内海和鄂霍次克海首先在颜色上就不一样。濑户内海是蓝绿色，而鄂霍次克海是纯蓝色。面积也不一样。我有生以来第一次看到海平线，就是在这鄂霍次克海。然而，浜小清水的魅力不仅在于海。沿海岸线的国道另一侧就是涛沸湖。相隔距离很近，从湖这边打出本垒打就能飞到海那边。

鄂霍次克海和涛沸湖之间全长约八公里的狭长沙丘被称为小清水原生花园，从初夏到盛夏，都能在这里欣赏到五颜六色的花朵。骑行路线和国道都从这个沙丘穿过，这里就成了能同时赏海、赏湖和赏花的独特景点。

驶入这个独特景点之前，我进了道之站①，点了一杯热咖啡。虽是个晴朗夏日，气温却不太高，还一直有风吹过，让我身上凉快了许多。若是人多，就能和其他独自旅行的人凑到一桌畅快聊天，可不巧，有好几个空位。我选了能看到海的靠窗座位。

第一次独自旅行时虽然很惬意，但还是会遇到一些景色，让我想和女友分享。这里也是其中之一。富良野的薰衣草花田、旭川的向日葵花田，还有原生花园，这些景色有个单纯的共通之处，就是都有花。

和我互换住址信息的也有女生，骑摩托车或自行车独自旅行的女生并不少。自己当时是如何看待她们的呢？我在旅途中也碰见过一开始两人都是独自旅行，因为投缘就变成了双人旅行，之后结婚的人，但在旅途中遇到的女生里，没有一个让我产生这种想法的。

因为我喜欢我的女友。

两人谈恋爱，是爱好相同好，还是各有所爱更好呢，人们对这个问题或许意见不一，我自己更倾向于后者。在旅途中有时希望她能在我身边，可我从没想过让她也去骑摩托车。

---

①日本为旅行者提供的休息设施。

首先，纤弱的她不可能把倒在地上的四百CC的摩托车扶起来，所以肯定考不到驾照。就算她能扶起来，像她这样慢条斯理又有点迟钝的人骑摩托，光想想就让我冒冷汗。最重要的是，我喜欢她这些不适合骑摩托的特征。

就算不能一起去旅行也好，我想把自己的所见所感全都说给她听。也许正因为有这样的想法，即使会与独自旅行的女孩子一时要好，我也不会把她们当作恋爱对象。

别说当恋爱对象了，当我碰见那些骑着越野摩托在山路上纵横驰骋的女生时，都会目瞪口呆，觉得对方真厉害。她们就算皮肤晒黑，头发蓬乱，衣服和脸上溅得都是泥点也毫不在乎。我当时想，这样的女生不做作，倒是容易亲近，但当恋人还是不合适。现在想想，自己当时算哪根葱啊。

女友总是十分在意外表，和那些女生形成鲜明的对比。我一直相信，比起有人和自己一起骑行，有人等着自己回去更幸福，这个想法至今也没有改变。我从没想过，自己要去等别人。

我耐不住等待，才来到了北海道。

她当时是以一种什么样的心情在等我呢？她收到有木雕把手的小镜子和免费送的胸针时是那么开心，不光是摩周湖的明信片，看到每张照片时都发出惊叹，让我没有产生过一丝疑问。

她喜欢湖的照片。不光告诉我摩周湖的透明度和那个迷信说法，还给我详细讲解了其他北海道湖的相关知识：支笏湖是国内首屈一指的破火山口湖，湖水深度日本第二，透明度日本第四；洞爷湖沿岸散布着温泉，在中岛栖息着日本鹿；沼泽口湖是写入

《拉姆萨公约》中的野鸟栖息地；佐吕间湖是北海道第一大湖，观赏夕阳美景的圣地；阿寒湖的球藻很有名；在屈斜路湖，顺着湖畔的沙砾挖下去，就会有喷泉涌出……她的知识很丰富，可我也挺厉害，如今都还记得。

所以那年的秋天我没有去旅行，而是跟朋友借了车，自驾去了富士五湖。后来，我们两人的女儿，就取名叫美湖。

驶过原生花园，进入了网走市内。预订的 Rider House 地处网走湖畔，应该用不了半小时就能开到。可现在刚四点，我决定去网走监狱看看，上次没去成。跟《雾之摩周湖》一样，一说起网走，率先浮现在脑中的就是一部电影《网走番外地》，虽说这部电影我没看过吧。之前，我去了摩周湖而没有来这里，是因为自己想当然地认定，骑手是不会去博物馆或美术馆的。

要常与大自然相伴……也许我从以前就是个死脑筋。

被其他骑手说"没去挺可惜"的地方有两处。一处是美瑛的"拓真馆"，另一处就是网走监狱这个博物馆。我觉得这也要看个人兴趣，但据说这两处都很值得一看。

门票是一千零五十日元，我买了门票走进去。占地面积比想象中还大。景点指南上写着，这里是将明治时期网走看守所实际使用的建筑移筑、修复，加以保护之后向公众开放的。其中好像还有好几座建筑被列为有形文化遗产。离闭馆时间只剩两个小时了，我加快了步伐，开始从离我最近的建筑依次参观。

镜桥，正门，厅舍，教诲堂，五翼放射状平房式狱舍……建筑物本身也有价值，我却对人像更感兴趣。虽然粗糙的做工有些引人发笑，却与建筑物相得益彰。我看得很入迷，原来当时是这样的场景啊。

要是美湖，她会怎么想呢？

名如其人，肤色白皙通透、长相酷似妻子的女儿，上个月突然说短期大学毕业后想去美国。她说想去电影工业的中心从事特效造型的工作。简单来说，就是想去好莱坞学化僵尸妆。这种情形，有哪个父亲能轻描淡写说句"啊，是吗"就答应的呢？

话说回来，女孩子家，怎么会对特效造型之类的感兴趣呢。

若是性格不像女生，那可以对摩托车感兴趣啊，岂不是比这个好得多。不，这也不行哪。我的摩托车在结婚之前卖掉了。我从没跟她说起过摩托车的事，也从没让她看过旅行的照片，她也从没在自家公寓的停车场上见过摩托车。女儿不可能对这种离她很遥远的东西感兴趣。可僵尸这种东西不也是很遥远吗？

到底是哪儿出的问题呢。

刚上大四，女友就怀孕了。我之前的想法很模糊，想考个地方公务员，在地方政府工作，就算相隔两地也想跟她继续处下去，可我从没想过要结婚。我还有很多想去的地方，还想趁二十多岁去澳大利亚骑行。但现在情况不允许了。

我和她都没有堕胎的想法。这样的话，只能做出决定了。

为了斩断自己的念想，我把摩托车以二十万日元的价格转让给了住在同一栋公寓的学弟。不是急需用钱，是觉得不这么做就无法接受现实。拿到钱时，我意识到，当时把摩托车卖给我的学长也是因为同样的状况才放手的吧。

若是这样，红色的KATANA就比摩周湖更具有迷信色彩了。我有些自嘲地想，一度想用卖摩托车的钱喝个不醉不归，但最终这笔钱还是放在生孩子的开销里了。我用带我去看大千世界的摩托车交换了一个新的家庭。我是这么说服自己的。

之后的人生可以说是十分幸福的。

妻子带孩子很辛苦，可为了不让我受累，她包揽了全部的家务活。女儿很可爱，活泼好动，学习成绩也很好，运动会和参观日活动时是父母的开心果。她从六岁开始学习小提琴，琴拉得很好。

每逢有值得庆贺的事，我们就去当地的老字号饭馆吃饭。每年全家会出去旅游一次，在外面住宿。女儿还小时，我们会找妻子中意的地点，女儿长大后就挑让她开心的地方。

我承认，自己是在有意识地避开北海道，而妻子和女儿都没提过想去北海道。女儿上高中后，我们俩有时也会去看电影。可那些电影里没有出现过僵尸之类的东西，尽是些明星主演的浅显易懂的爱情故事，说实话，我从没觉得那些电影好看。但是，跟公司同事说起和女儿一起看电影的事时，看他们如此羡慕，那份开心更多了几分，心想就算电影不好看我也忍啦。

"水木家就像画儿里画的那般理想。"每当听到这句话，当初放弃的东西就从我脑海中消失了。

女儿提出想去东京上专修学院的事，是上了高三之后。我当时想尽可能让她在本地上大学，每天回家。她的理科成绩很好，我当时想，要是她来找我商量今后的去向，就建议她去考个药剂师证。

可她半句话都没跟我商量，只是把入学指南举到我面前说想去这个学校。退一百步，我可以允许她去东京。我上学时虽然没出关西，却不在老家这边，一个人生活挺开心，也有很多收获，如今把女儿绑在家里未免太奇怪了。关西这边有妻子的亲戚在，我自己也比较熟悉，虽然我最想把女儿留在关西，可既然她说想去日本的中心学习，我也能认可。

卡就卡在了专修学院这里。我和妻子的第一个孩子那么简单就怀上了，第二胎却一直没怀上。到结婚第五年，我们才知道，有相当大比例的女性是这种情况，虽然不是不孕，可生了一个孩子之后却很难怀上第二胎。这么一来，我们对这个独生女还是寄予了很高的期望。

我觉得，就算将来女儿想去学医，就算她想去学音乐，想要很贵的小提琴，都不应该因为缺钱而让她放弃梦想，就和妻子商量，一直在攒钱。我每月只有五万日元的零花钱，可我从不抱怨。

正因为如此，我才希望她考大学。就算被人指责"只是为了满足自己的虚荣心"，我也无法否认。我劝说女儿，要是想学习特效造型，考个有艺术专业的大学不就得了。

女儿也在此做了让步，决定考京都某所短期大学的艺术专业。专修学院变成了短期大学，东京变成了京都，这个结果可以说正是我所期待的。可事到如今，悔之晚矣，还不如当初就让她去东京的专修学院呢。

她说,京都短期大学教的特效造型课满足不了她。之前找工作时,找遍了跟电影相关的公司,可没有一家公司录用她。所以她想从头再学一遍。对女儿来说,两年的短期大学是"耽误"了她。为了弥补,最好的方法就是直接去电影工业的中心学习。

——也不是完全人生地不熟。造型学教授的妹妹在那边当代课老师,说可以帮我引荐,日本学生好像也有五个人呢,你们完全不必担心。爸爸您要是因为钱的问题反对,我在那边打打工什么的也行。

打打工什么的也行,她这么轻易地说出这句话,才是我最担心的。在东京不行吗?就算跟电影无关,不是也有其他能用到特效造型的工作吗?找个更稳定的工作,把这当成爱好,平时多去几次镇里的手工艺品工房不就行了吗?再参加个大赛什么的,不是也有可能就此走上专业的道路吗?市政府的水道课正在招临时工,要不就去试试……

我字斟句酌地劝说,但女儿似乎只觉得爸爸是在阻碍她实现梦想。可即便如此,她也不该那么说吧。

——在这样的穷乡僻壤当公务员,沉浸在自我满足之中的人怎么可能理解我的心情。我怎么会是这么无聊的人的女儿呢。

我一巴掌打过去。这是我第一次对女儿动手。看到她白皙的脸红肿起来,我后悔了,觉得自己不该这么做。可我没能当场道歉。第二天上班时,我回想起和女儿的争论,想着先道歉,再找个两人都冷静的时候跟她聊聊。我还想,跟女儿一起去听听教授的意见不是也行吗。

可回到家却不见女儿的身影。妻子也不在，留下一封信，内容是不放心哭着回京都的女儿，所以去追她了。信的最后这么写道：

"我们两人都支持美湖，让她飞向广阔的世界吧。"

妻子没写一句难听话。独自一人被留在房间里，我满脑子只有一个念头。

什么叫作广阔的世界呢？

我离开网走监狱，向Rider House"旅人之家"出发。网走湖畔的木屋与当时别无二致，令人吃惊的是男主人的外表。他只是隐隐多了些白发，还是那么年轻，让人完全觉察不到已过去了二十年岁月。与此相比，老板娘的体形宽了两倍，但他们两人的感情也还像以前那么好。

在这里住宿，登记时不仅要写名字和住处，还要写上摩托车的型号。我刚写上铃木KATANA，男主人就问我"您一直都在坚持骑行吗"，像是还记着我。不，或许说他还记着这辆摩托车。

"没有，上次来过之后的第二年就转卖给熟人了，现在这辆车是前一段时间买的，重新喷漆了。"

那可真是难得——店主笑着，告诉了我房间号和晚饭的时间。这里只有几个按男女分的大房间，没有钥匙。十分钟后开饭，把行李放进房间就得出来。貌似在网走监狱看得太入迷了。

说起广阔的世界，我只能想到北海道。再去一次北海道吧。盂兰盆节放假，我申请了最早那批轮休，着手做准备。我给妻子发了封邮件,告诉她多待几天也行。就看她怎么理解了,或许她以为我要把她们母女都赶走,她要是这么想就随她去了,我自己也似乎有了这种破罐破摔的想法。

你们知道我为家庭付出了多少努力吗?为了你们,我不是把对广阔世界的憧憬都封印在心底了吗?幸福,不一定只为了自己。不是为自己,而是为了让身边重要的人得到幸福时,才能更努力地拼搏,得到幸福时才有更大的喜悦。为此,自己多少付出些牺牲,不是再正常不过了吗?幸福,明明是建立在他人的牺牲之上,如果每个人都只去自私地追求自己的幸福,那么谁也不会幸福……难道不是这样吗?我不知道什么才是正确的。这场旅行就是为了寻找答案。

买摩托车时我只能想到KATANA。可现如今KATANA已经停产。我拜托附近的摩托车店帮我找了辆二手的KATANA,用三十万日元买下这辆车龄二十年的摩托车,把车身喷成了红色。

刚一进食堂,就发现里面桌子旁的人似曾相识。看她对面的座位空着,我便走过去,跟她打了声招呼。

"白天的时候谢谢你了。"

对方快速弯腰行礼。是之前在里摩周展望台上碰见的女孩子。这么短时间骑自行车能骑到这儿来吗?

"我是从绿站[①]骑过来的。"

女孩子笑着回答,仅从表情就看出了我的疑问。我恍然大悟。

[①] 绿站是由北海道旅客铁道(JR北海道)所经营的铁路车站,位于日本北海道斜里郡清里町境内,是网本线沿线的一个无人车站。

自行车骑行者还可以把自行车拆开放在袋子里,乘坐电车。我直接在她对面的位子坐下,她终于做了个自我介绍。

"我叫绫子,和三浦绫子的名字一样。"

我平时不怎么读书,可她说的这个作家连我都知道。我们边聊电视剧《冰点》,边吃以赤贝刺身为主菜的晚餐,度过了一段愉快的时光。原来她起这个名字,并不是因为父母都是三浦绫子的书迷。听我的口气很像家长,她问我是不是有小孩,我犹豫了一下,还是跟她坦白,我有个将满二十岁的女儿。

"完全看不出来。真好啊,有这么年轻又帅气的老爸,真羡慕你的女儿。"

虽然觉得这话里有八分是恭维,我却不觉得抵触,也没有不好意思地挠头,心中暗喜。

"可我现在正被女儿嫌弃呢,她说不想要我这个老顽固爸爸。她在短期大学读艺术专业,却说什么想去美国更深入地学习特效造型。我想支持她的梦想,却没法儿放手把她送出国,心里正难受着呢。看她也不是那么喜欢电影,我真不明白她怎么会对那些东西感兴趣。"

我尽量把语气放轻松,可绫子却满脸严肃地点头。我问她年纪,她说二十二岁,现在上大四,已经决定去一家电视制作公司工作了。她好像之前一直想找个跟写故事相关的职业。虽然一个是电影一个是电视,可她和美湖的情况很相似。也许绫子在听我说话时,也把自己跟美湖的身影重合在一起了。可绫子已经被想去的公司录用了,美湖却没找到工作。绫子也许有些为难,不知该如何接话。

是不是该换个话题……

"对了，待会儿你要去上木工课吗？"

什么——绫子一脸疑问，好像没听懂我在说什么。我们住的这栋木屋，知名之处就在于整栋房屋都是男主人亲手制作。大到桌椅之类的家具，小到写着房间名的木牌，全是手工制成的。旅馆的主人希望客人接触到木材，作为到此一住的纪念，才开了木工课。不用费大劲，边喝着啤酒和老板娘现磨的美味咖啡，边用刻刀在小木块上雕刻些东西，很轻松。

上次我在直径约五厘米的圆形苹果木上雕刻了向日葵的图案，刻好后用砂纸打磨，再浸入褐色液体中，取出后晾一夜。第二天，装上钥匙环、胸针或挂坠的五金件，带着这件在旅途中制作的纪念品离开了旅馆。我把与小学生水平相当的木雕加工成了胸针，也没觉得丢人，就把它跟一个价格稍贵，有精巧雕工的小镜子一起带回去给妻子当礼物了……对了。

"我想起来了。女儿把那个胸针弄丢了。"

妻子总是把胸针和小镜子一起放在梳妆台上。女儿上小学一年级时，没跟人说就把它拿出去了，想跟朋友们炫耀这是爸爸给妈妈亲手做的礼物。结果瞒着妻子拿出去后，就不知丢在哪儿了。那天，女儿在家哭着向我们认错，我和妻子都没有过分责备她。第二天就没什么事了，过了三天，连想都想不起来了。

可这件事给女儿留下了很深的罪恶感。

上小学四年级以后，她买了手工用的刻刀。某天，她递给妻子一块鱼糕板,上面刻着向日葵的图案。

——我没有爸爸刻得好,对不起。

女儿抱歉地说,只是丢失的东西在记忆中被美化了,鱼糕板上的向日葵比我刻得写实多了。况且鱼糕板那么坚硬粗糙,真的很难得。

——能让鱼糕板开花,美湖的手真有魔力呢。

我这么说着,使劲儿摸了摸她的头。

"肯定是以这件事为契机吧。"

绫子用力地说,像是在为美湖辩护。她让我稍等一下,就起身离席了。我们都吃完了饭。我坐在原地等绫子,说等也就等了三分钟左右。她两手拿着个牛皮纸信封,朝我递过来。我没多想,接过了这个皱皱巴巴的牛皮纸信封。

"里面装着稿纸,但不是我写的,是在旭川遇到的人给我的。我看完后,感觉这故事就是给我自己写的,想拿回去好好保管,可不知为什么,现在倒觉得木水叔更适合做它的主人,所以请收下吧。"

我往信封里一看,里面是一沓用线装订起来的复印纸。我想拿出来看,可女主人说要收拾和清扫,食堂要关闭一个小时,还告诉我们木工课在一个小时后开始。

"那我就收下了。"

我跟绫子说完,拿着信封走回了房间。房间是六人间,但室友们说要去看星星,就出去了。他们说,红色的KATANA真帅啊,还邀请我去观星。但我谢绝了他们的好意,从信封里抽出了那沓纸。题目是《天空的彼方》，没有署名。

绘美住在山间的乡下小镇上，她是面包房家的女儿，喜欢小说。上小学时还写过一段时间，可上初中后就搁笔了，后来以异地恋为契机，绘美再次提笔写小说。她之前并没想过要成为小说家，为了继承家业，还去专业面点学校上学。通过旧时朋友的介绍，一个能成为小说家的机会突然从天而降，可此时绘美已经毕业，在家里的面包店工作，也和恋人订了婚。绘美想去东京拜流行文学作家松木流星为师，可未婚夫和父母都非常反对。父亲还踹了女儿的后背，骂了她。绘美被大家说服，也曾一度放弃梦想，却没有完全断念。她趁大家不注意时从家里逃了出去，却发现未婚夫正在火车站等她……

这就完了吗？绫子是故意留了几页稿纸吗？可她去取信封时速度很快。最后一页稿纸也没写满，也许就是写完了。只是，我明白绫子给我这些稿纸的用意了。

想想你女儿的心情——她一定是想说这个吧。

如果我是绘美的父亲，绝不会放她去东京。虽然我不清楚松木流星活跃在哪几年，但感觉故事发生的时代应该是设定在半个世纪前。那时的东京对乡下人来说不就像美国一样吗？不是去那里做正经工作，而是小说家这种靠天吃饭的工作，原本就不一定能当得上，就算真当上也没有保障，父母不可能放手去支持的。他们当然会相信，在自己的视线范围内做面包，对双方来说才更幸福。更何况，松木流星这个作家还被人说喜好女色。怎么会有父母拱手把女儿送到这种男人身边呢。

我发觉，美湖的情况还算好一些。

我觉得应该让父亲去火车站等女儿，可故事里写的是未婚夫，那就只能拜托他了。父亲肯定会支持他，告诉他，就算用绳子绑也要把女儿绑回来。

等等……

无论那个男人多能干，若是看见美湖被他硬带回来，作为父母真的会感激他吗？我自认为除了妻子，我是全世界最了解美湖的人。如果我看到这个情景，肯定会说他根本不懂美湖。

若是硬被带回家，这个孩子一生都会因被人阻断了梦想而心存芥蒂。他所能给予的爱情根本无法解开美湖的心结。别人觉得岁月的流逝能让心结变小，可实际上，时间只能让它固化结晶。一旦有了疙瘩，就很难再把它抚平。我不想承认，可就算是父母也办不到。

现在的问题应该马上直视，不该回避。就算拿到桌面上来谈也行，就算聊他个三天三夜也行。

最重要的是让美湖明白，她身边的人反对她去美国并不是要阻碍她的梦想。就算为了这点，她身边的人……也就是我，必须要去诚恳地倾听她的心声。

——为什么想走特效造型这条路呢？也许和木雕毫不相关。你具体想学什么，想找个什么样的工作呢？为什么想找电影方面的工作呢？主要方向是特效造型，还是电影呢？你觉得要付出何种努力才能实现这个梦想呢？你给自己设定期限了吗？为了实现梦想，有一些东西要靠你去守护，同时你也将失去一些东西，你都想好了吗？

如果美湖能悉数答出，她就赢了。我就微笑着送她去美国。

我掏出手机，找到妻子的邮箱地址，把白天拍的摩周湖照片作为附件，给她发了过去。

"美湖的婚期可能会推迟。咱们三人聊聊吧。"

我来到食堂，木工课好像刚结束。绫子走过来，手心朝上向我伸出手。我马上就懂了，这个手势不是让我归还稿纸。因为她手掌上放着一块圆形的木片。

"刻得真不错啊。是鸟的羽毛吗？"

"不是，是薰衣草。"

我接不上话了。绫子"扑哧"一下笑出声来。

"你重新认识到女儿的才华了吧？"

"不，怎么说呢，我也不否定。父母总归是看自己的孩子好。"

我的脸上自然而然地流露出了难为情的笑容。她应该知道我读过原稿了吧，可我觉得她并不想听我的感想。既然如此，我就只对她说这一句话吧。

——谢谢你。祝你往后的旅途也一路顺风。

湖上的烟火

我在度假酒店"the Lorze 洞爷湖"的盥洗室里，发现了三根白发。

这座酒店坐落在山上，能够俯瞰洞爷湖与内浦湾。我选了靠洞爷湖一侧的房间，在窗边饱览碧蓝湖面和绿意正浓的中岛美景之后，到盥洗室整理洗漱用品，目光移到镜面上时，忽然发现一根在头顶发缝附近泛光的头发。难道是白发？连根拔下来一看，颜色在银白之间，仅剩一点生气。从三十岁开始，每年都会拔掉一根这样的头发，我没太在意，把它扔进了脚边的弃物桶里。可是，在整理两鬓时，用小梳子从发际线轻轻往后一梳，明晃晃的白发颤巍巍地浮出表面。

不是一根，竟然有三根。本来我发量就少，想着能不拔就不拔，可在这所曾经接待过好莱坞影星的高级度假酒店，头上飘着这么难堪的东西走路实在是觉得丢人。我咬牙把三根都拔掉，又调整了一下整个发型，把发髻梳低了些。

本来想这就行了，可再一次正对着镜子时，我愈加愕然了。

我一大早从羽田机场直飞新千岁机场，飞机落地后在机场乘酒店的摆渡巴士，冒着北海道的暑热长途跋涉至此。妆容保持不住也是没办法的事。脸颊、额头、鼻头都泛着油光，粉底已经完全脱落，可法令纹上却还顽固地残留着一道白色粉底，就像小孩子的涂鸦，明显突出了皱纹。

再加上眼底发黑，稍一低头就会冒出双下巴。我的脸什么时候变成这样了。我发觉这不只是因为旅途劳累，人一过四十就会急剧衰老下去吗？不，一定是在这二十年里一点点老下去的，只是时至今日我才终于发觉罢了。

我每天早晚都会照镜子。因为从事的是证券公司的销售岗位，去见客户时会特别留意自己的仪表。可是，已经有好几年没在这么大的镜子前仔细审视过自己的脸了。化妆时注意力都在新闻上，偶尔会去买衣服，可买齐固定品牌的衣服后，别说试穿，就连在镜子前比量都省了。现在镜子里只有上半身，如果站在衣帽间旁的全身镜前，就会发现全身的曲线也已经走样了，想想就头晕。

可是……正因为身体状态不好，来这家酒店的意义才更大。我熬夜赶完工作，结合札幌恩师会的日程多请了一天假，跑到这么远的地方，都是值得的。做理疗，泡温泉，在大自然中散步，享受美食，让自己焕然一新……我有这个权利。

因为我一直都在为自己投资。

事不宜迟，我迅速打电话到前台预约了火山灰全身淋巴按摩套餐。换下汗津津的衣服，洗过脸，化妆也从头来过。其间又发现两根白发，也一拔为快。

这样，在酒店里无论走到哪儿都不会觉得丢人了。

我在大堂餐吧点了杯咖啡。一杯，两千日元。

就像时尚杂志里照片彩页的角落会详细标注模特的服饰价格那样，我看到物品时，头脑中总是连带着显示出金额。变成这样，应该并不仅是由于我这二十年来每天都在和以亿为单位的数字打交道，而是从我更小的时候起……

我们一家三口住在一间狭小的公寓里，爸爸在镇上的工厂上班，妈妈打零工。小学放学回家，屋里总是飘着薰衣草的香气——六席榻榻米大的客厅中间摆着一张桌子，一个大塑料袋占据了桌子正中，是袋子里薰衣草干花香料的味道。

妈妈用小勺子舀起一匙香料，放进淡紫色的蕾丝小袋子里，用锥子调整一下形状，袋口折好风琴褶，用紫色的细绸带缠绕两圈，再打个蝴蝶结。放进自封口的透明袋里，最后贴上印着可爱字体的"花香护身符·恋爱运"贴纸，就完成了。镇上的土特产店里每个卖三百日元，给妈妈的工钱却只有三十日元。除了每周两次的珠算课，我几乎每天都在帮忙做这个，做一个能赚十日元零花钱。现在来看，是妈妈变着法儿地使唤我，可一天做十个，就能有一百日元的收入，这对当时的孩子来说足够了。身边小伙伴们的零花钱一天也就五十日元。

珠算课学习班旁边有家点心店，店里总有许多小孩子。我上完珠算课也会去那里，花一百日元买十个可以抽奖的点心。同届还有五六个人一起上珠算课。其中有个女生叫美贵，她妈妈跟我妈妈在做一样的零工。美贵妈妈负责洋甘菊干花香料，所以美贵身上总有一股甘菊花香。

——据说能提升财运。

美贵略带轻蔑地笑着说，她上珠算课的书包提手上挂着个洋甘菊的护身符。美贵也和我一样，帮忙做每个十日元的零工。她曾悄悄跟我说："我们吃的点心是自己赚钱买的呢。真好吃啊。"

美贵自己肯定知道，这话若是让大人听见会被嘲笑的。像这样干活赚零花钱的孩子应该也挺多的。即便如此，美贵的话在我耳中也非常动听。我忘乎所以，觉得我们俩是最特别的，无论是咖喱味的脆果条，还是鲜红的草莓糖，都是为我们准备的，觉得点心店的一隅之地都在我们手里。要是中了奖，就跟领到奖金一样，连蹦带跳地跑回家。

在珠算学习班，随着级别提高，算的数字也开始出现六位数、七位数这样的多位数字，可对我来说，那一堆数字就像符号，一百日元才是实实在在的金额，存钱罐里的一千日元算是相当多的了。

这杯咖啡，就是我二十天的工钱。若是让当时的自己去点这个，无疑会流着眼泪，怒火冲天地抵抗。就算有人请客，我也会说"那你还是直接给我两千日元吧"，肯定会觉得那些心安理得喝咖啡的大人脑子都有病。

但这些都是假设。当时的我，甚至都不知道世界上还有价值两千日元的咖啡。提到咖啡，就是放在茶色大瓶里的速溶咖啡。砂糖就是做菜用的绵白糖，牛奶就是盛在黄色瓶子里的奶精粉末。罐装咖啡都不是想喝就能喝到的。我们全家每年会去附近的保龄球馆几次，爸爸买过，让我喝了几口，我跟好几个朋友炫耀说"我可喜欢喝罐装咖啡了"。

高中毕业前，星巴克和罗多伦这样的连锁店也从未出现在我的生活中。为了喝一杯"像样的咖啡"，我不得不鼓起勇气，来到一家挂着"纯饮茶"招牌的老咖啡馆，推开它沉重的木门。这对我来说就如同走进麻将馆一般，我之前一直以为只有在那种奇怪的地方才能喝到纯正的咖啡。

人会循序渐进地成长，劳动力和与其相当的金钱观也一样。用十个干花护身符换来一百日元的那种满足感只在上小学时有。上了中学，想要的东西越来越贵，我便要求自己也做，让妈妈再多要一倍的订单。因为我听说美贵就是这么做的。可妈妈严词拒绝了。我心想那我就去送报纸，妈妈还是反对。

——上学的时间本身就不多，不是让你用这些时间去赚小钱的。别只顾满足眼前的欲望，要去给将来的自己投资。

意思就是让我要好好学习。

——妈妈不是要否定我和你爸目前的生活。虽然连说梦话都算不上是有钱人，可我们没给人添麻烦，活得踏实。但是，我们没有多余的能力为小茜你去开创全部的未来。我说的是这个意思。

那之后，妈妈就辞了零工，去附近的便当店工作了。她说我升了初中，就没必要一直待在家里等我放学回家了。我那时才发觉，之前每天下午放学做作业时妈妈都在我身边。换了工作，她的收入也翻了一番，每个月能给我三千日元的零花钱。比我做干花护身符时赚得还多些，可用这些钱买来的东西，无法让我得到自食其力的成就感。

咖啡端上来了。

据说是经专人甄选，在尼加拉瓜国内荣获冠军的咖啡豆。香气好似南国兰花，沁人心脾，让我那硬成一团的脑浆都舒缓开了。呷上一口，咖啡豆的浓郁味道盖过了酸味，在喉咙深处扩散开来。是我喜欢的味道。与那些苦涩味道都沉淀在胃里的咖啡不同，我这样胃不好的人也能毫不费力地喝掉一杯。这一杯绝对值两千日元。

——小茜，到头来还是钱、钱、钱啊。

大脑柔软而温暖，若是现在这个状态，连脑中浮现出的这个声音都不会放在心上。我一直在努力，坚持自我投资。这些地方是为我这样的人准备的……也并不一定。

斜对面坐着一对二十多岁的情侣，女的穿得还好，男人的打扮我实在不敢恭维——混色T恤、像泳裤一样花哨的短裤、脚上穿的还是沙滩凉鞋。要是冲绳的度假酒店，或许还勉强说得过去，可这里是北海道，而且这身脏兮兮的装扮也不适合来这家酒店。

然而，我并不是今天才发觉最近的年轻人有这个倾向的。他们和她们，不是没有名牌。不，不是说非要价格贵的。有三万日元以下的西服，也有三万日元以上的T恤。不是这个问题。

公司里比我后入职的女孩子们，下班要去参加联谊时，就会穿自己最好的衣服来上班，可去见客户时，去看话剧和听古典音乐会时，穿的衣服却还不如一般的职业装。边说"何必穿那么老土啊"，边轻蔑地看着我穿的正装。我想说句"又不是去看露天演唱会"，可她们肯定会说"要是我自己喜欢的明星，不管是露天，还是在海边，都会穿最好的衣服去，你这个大婶到底在说什么啊"来堵我的嘴。我想着，她们爱说就说吧，到了目的地，丢人的是她们自己，可一到会场，就会发现和她们一样没有常识的大有人在，虽然人数不多，却不会将她们的存在凸显出来。

——这对日本人来说还是个高门槛的领域，看到有穿便装的年轻观众，感觉到还有提升空间。

若是把对方的客气话百分之百当真，这个习惯到什么时候都改不了。还是他们对自己穿便装出席正式场合这件事觉得有优越感呢？

那个沙滩凉鞋男，平日想必也是打着领带、辛勤工作，他为了充分放松，才在休息日穿得这么休闲随意吧。也许就是这样。那种埋怨"一杯咖啡要两千日元，简直是暴利"的情侣，是不会来这种地方的。

——我有没有才能，阿茜你是根据钱来判断的哪。

虽然包里装着文库本，可我觉得还是要多呼吸外面的新鲜空气才好。我一口气喝掉了这杯两千日元的咖啡。

步行街两旁是高大茂盛的针叶树，我穿过街道来到展望台。洞爷湖是破火山口湖，右边能看见有珠山、昭和新山这两座活火山，山脚下的原野上是一片温泉街。能零星看到一两个不像是在这里住宿的客人，或许这酒店本身就是洞爷湖的观光景点之一吧。若如此，大堂餐吧里自然也会有外来的客人。对那对情侣的穿着如此耿耿于怀的自己才可笑。

我张开双臂，冲着湖的方向用力伸展了下腰身。就在同时，身边响起了"咔嚓"的快门声。就在离我指尖不到十厘米的地方，一个男人正背对着洞爷湖摆出胜利的手势。

"抱歉，我没看见你在照相，也许把我的手照进去了。"

"不用担心。拍照就是为旅途留念。"男人笑着回答。

我放了心，但眉头又快要皱起来了。虽然体格没那么壮实，可从他的穿着来看肯定是个骑行者。年龄看起来与我相当，还真是够悠闲的啊。

"你是在骑摩托车旅行吗？"

"是的。"

"真不错啊，绕北海道一周吗？"

"没有没有，盂兰盆节早请了两天假，来湖边转转。"

貌似平时有正经的工作，我对他的好感度提升了一些。

"男人来湖边，很少见啊。骑行的人不都喜欢开阔平直的道路吗？湖边大都是纵横交错的路吧？"

"我是受妻子的影响，她喜欢湖。洞爷湖一周四十三公里，直径约十公里，是日本第三大火山湖，中岛还栖息着虾夷鹿……这些简单的信息，也都是听她说的。"

结了婚还独自出来旅行吗？我没结过婚，但我真心觉得这个妻子很厉害，送丈夫一人出来旅行。她不会抱怨"自己一天到晚都在忙家务，这不公平"吗？

"她跟我说，要是去洞爷湖，一定要从这家酒店拍一张湖的照片。虽然我不明白为啥要专程跑到这儿来，也许这里在女性中很知名吧。"

"怎么说呢，这里有时会作为电视剧的外景地，所以也会有人想来看看吧。"

"原来如此。电视剧啊，我倒是还略知一二……哪部电视剧啊？"

就算我回答"是最近在周五广角剧场播出的《洞爷湖杀人事件·北海道刑警大石三津五郎》"，估计对方也不会有多高兴。最多也就是失望地说句"那是啥"，一般电视剧的收视率都在百分之十五上下，而这部电视剧的只有个位数。

"要说名字我也记不太清了。我对电视剧不是特别了解，不好意思。"

"哪儿的话。"对方回答。我们相互摆手，谈话也到了一个阶段，我弯腰行礼说"那先失陪了"，想去前面的公园看看。刚迈出一步，视野突然一片漆黑。眼皮被一股强烈的压迫感束缚，眼睛不由得闭紧。脚下蹒跚。

"你没事吧？"

一只手小心翼翼地扶住我的手腕。我不想让对方觉得是在甩开他，便缓慢地抽回手，两腿用力站稳，闭着眼睛在头脑中数了十个数。我轻轻吐了口气，心想应该没什么事了，睁开了眼。

"没关系。是贫血,偶尔会犯。"

"你就住在这里吗?"

"是的。"

"这样的话我就放心了。我送你到酒店大堂。"

"谢谢你的好意。我真的没事了。"

我强打精神,用仅存的力气小跑起来。这个男人挺好心的。是已婚者,而且又说了只送我到大堂,也许让他送就好了。只是,就算对方只是路人,一旦抓住了别人的手,等对方松开手时,自己就很难自立了。虽然我不想承认,却很怕自己变成那样。

客房临湖一侧是一整面落地窗,躺在床上就可以一览洞爷湖面。天空的颜色,湖水的颜色,山丘的颜色都容颜依旧。即便从这家自己还是穷学生时远无法负担的度假酒店向外眺望,大自然也丝毫没有变化。

我一刻不停地工作,甚至没有注意到还有完全不会改变的东西,而我最终又得到了什么呢。

妈妈让我"去给自己投资",我像不断把零钱放入存钱罐一样,刻苦学习,考上了北海道大学。选这所大学没有什么深层的原因。我从小在气候温暖的海边小镇长大,憧憬着有生之年能在广阔的北方大地上生活一段时间。思来想去,上大学这四年不是一个实现愿望的绝好机会吗,仅此而已。

妈妈问我是不是想去看真正的薰衣草花田,我从来没有这个愿望。对我来说,薰衣草不是紫色绒毯般的花田,而是茶色的干花。把干花护身符当纪念品出售，并非由于老家盛产薰衣草，只因为我们镇是出产国内百分之九十线香的"香气之镇"，只要带香味的就都当纪念品来卖了。不止薰衣草，香草类的花田我也连见都没见过。如今**想来**，那些干花应该是国外的便宜货吧。所谓的纪念品，就是这种廉价的东西。

我原本就没觉得老家有什么不好，所以大学生活既没有特别的解脱感也没什么不满，每天都过得悠然自得。我加入了户外运动同好会，在居酒屋打工，当然也会去认真上课，这么一晃就迎来了大三的夏天。

我与骑摩托车旅行至此的椚田修邂逅，就是在这洞爷湖畔。

和同好会的朋友们分乘两辆车来这里看烟火大会的那晚，我和大家走散了，修碰巧就站我旁边。他发现我迷路了，觉得我独自一人不安全，就陪我一起去找朋友们。

幸运的是，二十分钟后我跟朋友们会合了，可我却觉得有几分遗憾。因为修说，如果找不到朋友，就让我跟他一起去宿营地住帐篷了。

——你可以住我的帐篷，我钻到其他人的帐篷里就好啦。

如果我和他一样也在旅行，跟他要住址和电话或许就能简单些，可我觉得自己也算半个当地人，这种行为无异于搭讪，虽说在那个年代也流行女追男，但我还是没能问出口。我心想，要是修能问我就好了，可按理来说该道谢的人是我。我想起钱包里有张自己打工的地方"北渔场"居酒屋的优惠券，就把它递给了修。

——要是去札幌的话，推荐你去尝尝冻鲑鱼片。

修既没说去，也没说不去，只是微笑着接过了优惠券。这家店的海鲜虽然好吃，却也不是能荣登观光指南的名店。而且那张优惠券只能打九折，我几乎没抱任何期待。在车里，同伴说内陆人也许不知道冻鲑鱼片这种东西呢。我后悔了，要是说北海道花鱼或是盐渍鲑鱼子之类更容易听懂的就好了。

然而，两天后的一个晚上，修来到了店里。他说想知道冻鲑鱼片到底是什么。之后，修津津有味地吃了冰冻着切成薄片的鲑鱼刺身。他那天预订了青年旅馆，却没有去住，而是来了我的公寓。女学生为旅行者提供住处，在当时也并不少见。

从第二天起连续三天，我买了自己的头盔，坐在修的摩托车后座，开始了北海道之旅。修和我同岁，在东京一所有名的私立大学上学，他告诉我将来想当编剧。我提出那就去有名的电视剧外景地，可他却说不想去那种地方，想去找本地人才知道的，有故事舞台韵味的地方。

去各地寻找和选取合适的题材，简称取材。

修从上大学那年起，就多次给电视台主办的影视编剧作品大赛投稿，去年还进了总决赛。

——每朝放送电视台编剧大赛的主办方把进入总决赛的人召集到一起，一年里每月举办一次学习会。每次都会提出课题，比如写出《刑警沃尔夫》里某一章的故事梗概，或是写出能把松木流星《齿轮杀人事件》转换为在周五广角剧场播放的现代版的剧本大纲。把自己的作业发给所有在场的人，互相交流意见，让节目制片人点评。

《刑警沃尔夫》这部刑侦剧很受欢迎，我爸每周必看，一集不落。而松木流星这位作家，虽然我没读过他的作品，但是名字是确确实实知道的。他还告诉我，所谓的大纲，就是剧本的前一个阶段，用分镜的方式写出故事的梗概。

——名义上是学习会，但制作人看中的大纲也有被采用的。这季度每周六晚十一点播出的《贵族侦探有栖川恭之介》，这部电视剧的编剧，据说也没在大赛中获奖，而是从学习会里被提拔起来的。

虽然我没听说过这部电视剧，可对我来说，在电视屏幕背后的人们就像处在另一个世界，眼前站的这个人离那个世界那么近，这让我很激动，我从心底觉得修太厉害了。

——阿修你的情节被采用了吗？

——没有。我啊，用一个挺喜欢我的制片人杉原的话来说，虽然有过人之处，可写的内容太爱憎分明。就算杉原他们这些现场的人想不顾非议去创新，要是投资方的大爷不满意，再有意思的方案也会打水漂儿。结果，流传的全都是那些符合大众口味的半吊子作品，像我这样充满干劲儿，想杀进这个行业的新人，全都被弹开了。

老实说，这时修说的话我连一半都没听懂。可我就像听外国故事那样，边着迷地听，边拼命地点头附和。

——可是啊，杉原说这样太可惜，帮我去跟制作人协商了。

这份工作，不是像学习会时那样，按照给定的课题写大纲，而是自己去发掘可以拍成电视剧的小说和漫画，先写创作大纲，再写明受众群和宣传点，像写企划书那样。

——每个月写二十篇稿，十万日元。这是我重要的收入来源。明年一月份即将上映的电视剧《hop step dance》就是我的原案。但为了得到投资人的认可，剧本是请有名的编剧写的。

对于时薪八百日元的我来说，他的话听起来简直是异次元的故事。之后，修这么说道。

——编剧有两类。一类是工匠，一类是艺术家。如今我只是为了踏上专业之路才去当加工原作的工匠，可早晚有一天，我会成为用自己的原创作品来展现实力的艺术家。我来北海道取材也是为了这个目的。

我们从札幌沿支笏湖、洞爷湖行驶，穿过室兰，在地球岬的最前端看海，我脑中想象着以此美景为背景的电视剧在电视上播放，感觉它就在不远的将来。

在港口周边溜达时，一块写着"日本第一坡"的指示牌映入眼帘。我们打算去看看，就顺着狭窄的路往里走，可这条坡的倾斜角度、道路宽度、长度，着实没什么大不了的，却也不能说是"日本第一"缓、窄、短。真是个半吊子的山坡。我们两人边猜"日本第一"是什么，边说出自己的看法：或许以前收的过路费日本第一贵，或许有个能代表日本的大人物，这个山坡就是通向他家。在登上坡顶时，发现了一块很旧的牌匾，上面写着：在江户末期，这里有一家荞麦面店，店名叫作"日本第一"。

——就这个啊。

不是什么有名的山坡，真是白费劲儿了。我们两人对视着，叹了口气,"扑哧"一下笑出了声。

——我以后把这当个素材吧。

修这么说,让我站在牌匾旁边,给我拍了张照。

现在的洞爷湖和那时的颜色一样。我的视野边缘也没有标示出价格……

现在没食欲,但不知道什么时候会饿,我还是走进了酒店里的一家法国餐厅,简单点了个菜。这里没看见白天在大堂餐吧乱穿衣服的人。

一对中年夫妇,还有一对夫妇带着上小学的孩子的夫妇,会是谁提议来这里的呢?如果两个有着相同价值观的人结婚,每天身边都是相同的事物,吃着相同的食物,有着共同的爱好的话,一方提议,另一方应该就不会反对。

就算不在同一屋檐下生活,只要两人朝着同一个方向,心灵也许就能相互贴近。

北海道和东京,在我与修异地恋的一年半时间里,为了尽量去靠近他,之前不太看电视剧的我一直在尽可能多地看电视剧。我之前连一个编剧的名字都不知道,一旦留意,发现电视剧不仅会用演员的名字,还有"桥田电视剧""野岛电视剧""北川电视剧"这样用编剧的名字冠名的。我感到,编剧不仅仅是制片组的某个人,而是挑大梁的人,我把这些想法写信告诉了修,还列了一些编剧的名字,不是看知名度,而是我觉得他们的作品有意思。

"我也很佩服某某写得好呢,但我早晚会追上他,超过他。"

这样的交流时光是最开心的。和他相遇那年的圣诞节，我甚至跑去了东京。他说要跟制片人稍微碰一下头，把我也带去了每朝放送。穿过对外开放的区域，来到了工作人员入口，等在入口处的制片人杉原也给我准备了出入证。我把它挂在脖子上，觉得自己也成了业内人士，心怦怦直跳。

虽然过了中午，大家还是互相问候"早上好"。修随意地和人打招呼，我也向对方弯腰示意，之后修问我"刚才那个人，你看出是搞笑艺人某某了吗"时，我的兴奋劲儿就别提了。

制片人杉原和修商量事情时，也让我一起听了。

——这个，能把男女主角换过来写吗？是想让北泽真帆演动作片才提的这个方案吧。

——没关系哈。这样的话，就把原奥林匹克柔道队员这个身份改成跆拳道选手，怎么样？

谈话里突然连人气飙升的女演员的名字都出现了，我只能目瞪口呆地听着，心中默默祈祷：这个剧本也让修写吧。我觉得自己什么都不懂，没法帮修的忙，配不上修。可修说，只要有人给他加油鼓劲他就很开心了。那天我们去了一家据说是电视剧外景地的法国餐厅吃饭，他送了我一条银质吊坠作为圣诞礼物。

虽说季节完全相反，可此时此地，也会成为住在这里的某些人一生难忘的回忆吧。

我现在独自一人吃饭，不会在意周围的目光了。直到不久之前，我都是买便当带回家，明知在外边吃更省事，却不想被人当作"寂寞的女人"。人一过四十，想法就变了。

没什么好自卑的,我一直都在工作,所以才要多吃点好的,为明天储备能量。

但令我有些吃惊的是,在这高级度假酒店的法国餐厅里独自一人吃饭的女性不止我一人。也许因为有些年长,她看上去是在自然地享受红酒和食物,并不在意空间和时间。她肯定不会像我一样,想自己有这么做的权利之类的。我达不到她那个境界。

这么看来,我还是没有结婚的意愿。因为比起夫妇两人或一家三口,我更羡慕那位享受单身生活的女性。

晚上七点半了。从四月下旬起,约半年之内,每晚的八点四十五分,洞爷湖上都会放二十分钟的烟火。等吃完饭,就在房间里边喝红酒边赏烟火吧……

我在临近温泉街的地方下了出租车。离烟火表演还有三十分钟。我从纪念品商店鳞次栉比的街道穿行。虽不是节假日,却还是人流如织。但一个人的话都好说。我来到了湖边,这里是能正面看到船上放烟火的最佳场所。虽然到处都是人,却还有空地。我边说"不好意思"边穿过人群往前走,突然,目光与一个人相遇了。

是在观景台上说话的人。他坐在正对湖面的长椅上,说"如果不介意就请坐吧",往里挪了挪身体,给我腾出了位置。这次我接受了他的好意,在他旁边坐下了。

"你特意来这里看烟火?"

"本来想在房间里看,但还是想听听烟火'嗖'地飞上天时震耳欲聋的声响。"

上学时跟同好会的伙伴们走散也是由于这个原因。要想找个大家一起落座的地方，肯定就靠后了。

觉得大家在一起才开心，这也无可厚非。我并不讨厌集体行动，其他的事都可以让步，唯独这件事……

"不知为什么，唯独看烟火我不想让步，从以前就是。"

"这种感觉，我懂。"

修也说了同样的话。但这个骑手又接着说了句"可是"。

"我已经有十多年没在这么近的地方看烟火了。上次看还是女儿三岁左右，全家一起去附近的烟火大会。第一枚烟火冲上天时，她吓得哭了出来。从那之后，我们就不去现场了，每年都在家里的二楼上看。"

女儿三岁，十几年没看过……

"你女儿多大年纪了？"

"二十岁了。"

真看不出他有这么大的女儿，我怎么想就怎么跟他说了，然后我们互相问了几个打听年龄的问题，最后说出了生日，发现我们两人同岁。他说他叫"木水"。我有很多朋友已经结婚生子，有时我一看见小孩子就会想，要是自己有孩子应该也这么大了，可我从没想过自己有个二十岁的孩子。如果对方看着不正经，我也许会自行画条分界线，觉得"我和这种人不一样"，但对诚恳老实的人，却无条件地涌上一种敬意。

这几十年来，他肯定从没怀疑过自己的爱情。

"孩子都这么大了，夫妻就又可以找回当初恋爱的感觉了。"

"哪儿啊，现在正在为孩子毕业后的去向闹矛盾，我是中途从家里跑出来的呢。"

"女儿想做什么？"

"说想去美国，学习特效造型。"

"是哥斯拉那类的吧。"

这确实会闹矛盾。是那种轻飘飘、不安稳的工作。其实，就算学了这门课，也没法保证能胜任这项工作。

"我回去后再做最终决定，但结果应该就是我们夫妇二人支持她去了。"

"因为是女儿……是自己的孩子，才会无条件地去支持她吧？"

木水似乎没有理解我的话。

"举个例子，要是你太太，现在说她想走这条路的话，你会……"

木水像是要呼吸湖面的清新空气，一下子挺直了脊梁和脖颈，身体微微前倾，轻声回答：

"嗯——这是不可能的事哪。我们俩是在上学时有的孩子，我之前只顾埋头工作，这次女儿的未来倒是让我操碎心了……可说实话，我从没想过妻子有什么想做的事。要是现在还来得及，我也想去支持她。"

"结婚之前，你也能这么想吗？"

我不这么认为。泡沫经济破裂，日本陷入了就业冰河期，我坚持自我投资，考入四年制国立大学，到头来却只能找到事务类的工作。"男女共同参与社会"这个词出现后，如今在入职考试招募时写明"综合职招男性，女性只招事务职"的事已经被禁止，但当时这么写很正常。看见新闻里播放东京女大学生游行，呼吁"男女平等录用"，我真的很有共鸣，自己都想去参加。即便如此，我还算是幸运的，因为我被一家上市的证券公司录用了。

"这就有点严重了。如果换作当时的我，也许会大吃一惊说'你说什么呢'，然后轻易提出分手。"

我告诉修决定去东京工作的事，他有些困惑地说："难道你是想来投靠我吗？"结束了异地恋确实开心，可去东京的上市公司工作，是我从几十岁就开始的人生规划的一部分。只是，上学时来东京见修时，总是他请我吃饭，我觉得，就算他认为我是来投奔他的，也没办法。

"连自己都顾不过来，没有余力，肯定没法去帮别人啊。"

那时，我拼命去维持自己的生活。前辈们还处在泡沫崩溃的余震中，他们对我的着装挑毛病，训斥我"别丢公司的脸"，我工资的一大半都用来买套装了。

——你别理他们就行了，越是没内涵的人，才越想把自己武装起来呢。

修对此一笑置之，可当时的我只对他冷眼相待。我想，修根本不懂在团队里工作是怎样一种心情。

虽然心疼钱，但我也不讨厌打扮，下班后，花枝招展地跟公司同事一起出去玩时，也觉得很开心。

公司面向事务职的女性举办综合职升级考试,是在我入职三年后。那时,好几家商业杂志像是商量好了,都刊登出了主流公司综合职的女性人数排名。之后没多久,公司就有了这个政策。下班后的聚会或K歌,我都一律谢绝。我开始学习,进行新一轮的自我投资。

"你说的余力,是指钱吗?"

"也有钱的方面,但不仅是钱。我吃公家饭,挺满意自己这份工作。可要是看到有人找工作不切实际,我就会想'别把工作不当回事儿'。所谓的梦想,不就是建立在大多数踏实工作的人之上的一个消遣吗,自己却摆出一副'我有特殊才能'的样子。那个人并没有否定我,也没看不起我,但我就是想对他大吼。直到这个年纪我才发觉,那是种自我保护的手段。"

"我……直到这个年纪,也没能发觉。很久以前交往过的人想当编剧,可我却没能支持他。"

噼里啪啦,夜空中响起了豆子散落的声音,小型连发烟火冲向高空。这是烟火大会开始的信号。大朵的花在湖面盛开。一朵、两朵、三朵……震感一直传到身体中央。我喜欢这种"身在其中"的感觉。

"在湖上放烟火真不错啊。烟火倒映在湖面上,真是难得的美景。"

木水说着,目光始终没有离开烟火。但他的视线高度和我有些许不同。我从跟他一样的高度看,只见湖面上映出了巨大的烟火。虽然很美,我却没觉得是"花在开放"。

不知为什么，我觉得湖面上映出的烟火好像演电视剧一样，映出了现实的人生。大多数人都会觉得那很美，同时欣赏两个景色，或许也有人只是入迷地盯着湖面看。当然也有我这样，不管下方是水面还是地面，只是望着天的人。

也许我对电视剧的兴趣比一般人还低。读书也是，比起科幻小说，更喜欢非科幻的类型。比起别人杜撰的有意思的故事，现实中脚踏实地生活的人和事更让我感兴趣，就算语句不华丽，情节不离奇，气氛不热烈。

这样的我，根本不可能理解编剧的工作。我正这么想，直冲夜空的烟火改变了轨迹。烟火从发射台上划出一条倾斜的轨道，擦着湖面绽放，就像孔雀开屏。接着，第二只、第三只孔雀出现在湖面上。水面倒映出的半圆形烟火也像孔雀在嬉戏。烟火的位置太高或太低，也许都没法诞生美丽孔雀的姿态。如果我是烟火师，肯定想不到这个，而是会一直纠结到最后：圆形的烟火，只能看到一半儿不是很浪费吗？

"啊，这可真厉害。"

木水大声赞叹。

"真的是……"

我从心底觉得，湖面上映出的烟火很美。

木水说要把我送到酒店，但走出步行街就有去酒店的摆渡车，所以我只道了谢，就跟他告别了。这些话我连好友都没说过，却吐露给了一个萍水相逢的旅人。虽然上学时我就知道有很多人来北海道旅行，却从没想过旅人之间会有什么交流。

受到擦肩而过的路人鼓励的人，一定比我想象中多得多。

到酒店时，正好到了预约做理疗的时间。感觉身体僵硬时，我就会去附近的中国推拿诊所，但还是第一次做理疗。比起芳香疗法、负氧离子疗法那些疗效不明的东西，我还是更希望身体上酸痛僵硬的部位被人痛快地揉一通。

确认完项目，换上专用的长袍，刚走进一间稍暗的房间，我就闻到一股熟悉的香味。是薰衣草的花香。有个手脚纤长，皮肤白皙好似精灵般的女人走过来，让我脸朝上躺在床上，闭上眼。她声音沉静，听起来很舒服。

我刚一闭眼，这隐藏在高级酒店里、用沉稳色调的内饰统一起来的非日常的空间，就变成了幼时狭小公寓的客厅。我麻利地往小袋子里装薰衣草香料。每天都做那么多恋爱护身符，却完全没有得到保佑，一定是因为自己的眼中只有十日元的硬币。

为了钱而不断进行自我投资的孩子，在考完综合职升级考试时产生了错觉，觉得自己作为人又提升了一级。

对于写大纲的收入依然只有十万日元，在服务站打工的修，我完全失去了敬佩之情。我发觉，就算他开心地跟我说想到了一个有意思的结构，我也会说等你企划过了再高兴吧，继而对他冷眼相看。

修读了很多小说和漫画，不光是电视剧，只要时间允许，他还去研究电影和舞台，这些我都知道。即便如此，正在为自我投资成功而得意忘形的我，开始认为修的努力没得到回报，是因为他没有才能。

可我还是喜欢他。花费整整一个月创作的大纲全都没被采用，他虽然不甘心，但绝不归咎于他人和时代。就算生活越来越艰苦，约会吃饭时跟我AA制，可在我生日和圣诞节时还会买礼物送我。他独立，不依靠任何人。我应该是喜欢他这点，在和他交往的过程中，他依旧是他，没有任何改变。我们的结束，完全是我的错。

我升为综合职，工资翻了倍。与事务职不同，没有统一的制服，正装必须得自掏腰包。在公司，升到综合职就允许穿自己的套装了。如果穿便宜货就是给公司丢脸，我的鞋子和套装都是大品牌。可修送我的饰品全都是不用一万日元就能买下来的。但二十多岁时，我也意识到自己太逞强了，觉得这样也好。自己每天的工作都与数以亿计的数字打交道，所以对金钱的感觉也麻木了。

感情的破裂，发生在我三十岁生日那天。那天下班后，我穿着套装直接去了与修约定碰面的地点。他跟平时一样穿着牛仔裤和格子衬衫，带我去了一家炉端烧的店。这类店是在桌子上摆一个火炉，客人自己动手，用炉火烧烤一些鱼干之类的食材。我当时一直都在担心衣服被熏上味道。用啤酒干杯之后，他递给我一件礼物。我打开四方小盒子一看，里面是一枚戒指。但这戒指跟我的西服很不搭。

——虽然看上去很便宜，其实是十七世纪法国制的古董，为了买下它，我可是掏光了所有积蓄呢。

——啊？

——终于能看到你开心的表情了。可我是骗你的。到最后，小茜你满脑子还是钱、钱、钱啊。

——不是那样的。我希望修你能实现梦想,但也有些担心将来。

——说到底,我还是不能把这种便宜货当作结婚戒指送给你的。抱歉,让你误会了。但是,在我能以编剧这个职业立足之前,我没有心思去想结婚的事。

——这样啊,那我怎么可能等你。

这句无力的呓语,终结了我们十年的恋情。这句话就像是在断言:我不相信你的才能。

——没有梦想的小茜是不会懂的啊。

快要离开时,我才知道这家店可以吃到冻鲑鱼片,但我装作没发觉,心想对两人来说,也许这才是正确的。

与追梦的人分手之后,我也没找与自己相似的现实型男人。并不是刻意逃避。也许没有男人会特意去帮助独立的女人吧,而我也不知道该如何去依靠别人。

就在那时,上司让我去参加公司主办的研讨会。这次研讨会只有拿到部长级以上的推荐信才能参加,是将年轻有为的员工汇集一堂,为管理职考试而战的学习会。是一次新的,自我投资。

然后,四十二岁那年,我终于得到了课长的头衔。肾出了两次问题,我住院了。第二次住院是在半年前。我不知该怎么去充分利用这由于生病而得到的空闲,无意间上网时,突然想去搜索一下修的名字。我口中边念叨"他要是真成为编剧我就吃惊啦"边把他的名字敲进去,真不知道自己想得到哪个结果。在修的名字后面,还加上了"编剧"两个字。

于是,出现了一个检索结果,是在每朝放送的周五广角剧场中将要播出的《洞爷湖杀人事件·北海道刑警大石三津五郎》。播出时间是两周后,好像是以名不见经传的女性作家的名为《铃兰草特急》的作品为原型改编的。我想,还是先找原作来读,才能知道修到底修改了多少。我读了下故事梗概,发现原作的舞台是一座背山的小镇,似乎与北海道并无关系。以北海道,而且是洞爷湖为舞台,是编剧的意思,还是修的选择呢。

当天,我端坐在电视机前看了这部电视剧。在洞爷湖畔的度假酒店发现了公子哥儿的尸体,得知未婚夫的死讯,美女哭倒在地,作为主人公的刑警在此时登场……

——我是日本第一刑警。

——呵,哪来的日本第一?

——啊,我老家开的荞麦面馆店名是"日本第一"哟。

您好——从头脑外部传来了声音,我睁开眼。

"刚才是把您弄疼了吗。"

怎么会疼,舒服得都快进入梦乡了。可穿着理疗服的女性却担心地低头看着我的脸。她的脸模糊不清,不是因为灯光太暗。

没关系——我嘴上这么说,眼泪却一直往下掉。她递给我毛巾,我把毛巾捂在脸上。温暖,柔软。这么一来,眼泪不是更止不住了吗……

"对不起。刚刚在想一些事,结果没忍住。"

我脸上盖着毛巾,屏住呼吸,试着止住泪水。

"请您痛快地哭出来。眼泪也跟淋巴液一样,全都流干净了,人就会变得更漂亮。"

一听到这话,眼泪真的再也止不住了。拼命、拼命、拼命地工作,我到底得到了什么呢,那些真的是我想要的东西吗?既不是为了去支持谁,也不是为了去实现梦想。

我明明是只为自己而活,这样一直拼了命地投资到底有意义吗?

刚回到房间,就接到酒店前台的电话,说有寄存的东西。A4纸大小的牛皮纸信封,是水木给我的,里面放着一沓写了字的纸,还附着一张便签,上面是水木的简短留言。

"能一起看烟火是缘分,希望你能收下这部小说,不用归还。祝你往后的旅途也一路顺风!"

原来是小说啊,我翻看了一下。也许水木看了很多遍,也许还有别人看过,纸角有折痕,有的页面还有褶皱。这些应该一晚上就能看完了。

题目是"天空的彼方",却没有作者名。不知为什么,我觉得这不是专业作家写的,而是想当作家的人写的。

在山里的乡间小镇,面包店家的女儿绘美因为找错钱,与一个叫"火腿君"的青年相识。刚开始交往,"火腿君"就考入了北海道的大学,两人开始了异地恋。绘美给"火腿君"写了很多封信,后来,她开始一段一段写小说寄给"火腿君"。也许是爱屋及乌,"火腿君"夸奖绘美的小说,却没觉得她能当作家。绘美自己也没想过。

不久,"火腿君"回到了小镇,谋得教职,跟绘美订了婚。正在这时,绘美收到了小学同学道代的联络,道代在上大学期间给人气作家松木流星当助手,绘美获得了去东京走上作家之路的机会。她开心极了,可"火腿君"和父母都反对。绘美曾一度放弃,某天却又突然发觉梦想还是难以割舍,就像离家出走一样出了门。她在火车站看到了"火腿君"的身影……

故事到此结束。内容让我有似曾相识的感觉。最近,我也渐渐开始去看人气电视剧和电影,读大家热传的书,那种以暧昧的方式结尾,让读者自己去想答案的作品变多了。比如在倒数第二集结束之类的。我不太喜欢这种类型,就像是作者害怕别人批评他的行为和想法怪异,才为自己留了一条退路。他既可以说艺术不拘形式,要为读者留出想象空间,就算有人说他作品无聊,他也可以推卸责任说是那是因为你自己给出的结论无聊。

我希望能有个正经的结局。通过对结局的理解,作者和读者能得以交流,也能以此判断是否投缘。

只是,说起投缘,如果这是绘美的手记,我不会喜欢绘美这个女人。她总是以一种被动的姿态,跟优秀的青年邂逅,还得到了成为作家的机会。就算这是事实,我也不喜欢她的写法。字里行间都是自己被"火腿君"所爱的从容。还有,她明明不想成为作家,心里却很得意,好像是陪朋友去试镜,自己却被选中了一样。在绘美心中,自己被选中是理所应当,再正常不过的。

在鱼和熊掌之间的艰难选择……就让她一生都为这个犯难吧。这种人，无论选那条路，都会草草度过幸福人生，只有在跟人倾诉时，才会像悲剧女主角那样泪眼汪汪地诉说"当时要是那么做就好了"。而这又会成为她活力的源泉，为她的人生添彩。

——把男女主角对调怎么样？

如果我是编剧，要把这部作品拍成电视剧，我可能会这么做。

"火腿君"没做错任何事。他认真地学习，考大学，回到有未婚妻的家乡，找了份踏实的工作。他并没有彻头彻尾地否定绘美的梦想。他为绘美着想，考虑到现实的残酷，才给出那样的结论。

即便如此，绘美应该也会乘火车走掉。她会说，没有梦想的人，理解不了她的感受。电视剧的开头就从这个场景开始吧。"火腿君"一成不变地工作，也许几年之后，偶尔经过书店时会看到绘美写的书。书里面写着与自己相似的人物和记忆中的地点，他会在书中发现曾经与绘美两人对话的片断……

想到绘美与自己的人生确实曾在某点交汇，他流下几行眼泪，可第二天，他又会回归以往的生活。

今天你辛苦了。明天，也要加油——他会这样鼓励自己。

回家之后，我要买面大镜子。不，难得来北海道，就在这里花大钱买面镜框上有精美木雕花纹的高档镜子吧。要那种适合我的镜子。

小镇的灯光

札幌皇家酒店的"凤凰"包间里，正在举办北海道大学经济学系教授清原征四郎的退休纪念聚会。他原本是今年三月底退休，但因为论文的关系，任期延长了半年。那篇论文被美国权威杂志认可，所以聚会气氛热烈也是再自然不过的。他以前教过的学生中，有上百人请了假千里迢迢地跑过来。冷餐会的会场内站满了人，老同学们三五成群，边兴高采烈地聊着令人怀念的往事，边瞅准时机去清原那桌问候。清原那桌前就像是在名店排队等位。扎了根一般、理直气壮地占据了会场中为数不多的几把椅子的，只有我和同伴三人。我们是教授的同学，到了这把年纪，别人应该不会太计较吧。

其中也有年轻人的圈子，看上去像大学刚毕业。无论毕业时间长短，恐怕这里的绝大多数人都希望回归学生时代。我与旧时友人们有多久……

"咱们有多久没见了?"

"啥?佐伯也来杯加水威士忌吧?"

松本敏郎的回答完全不搭界。他好像正在跟端着红酒和白葡萄酒的侍者询问有没有加水的威士忌。我端起还剩多半杯啤酒的玻璃杯说"还不用",顺势送到嘴边喝了一口。千川守端着餐盘走了回来。盘里堆满了火腿、培根和香肠。

"跟学生们实习做出来的东西一样,好像在大学里也能买到。尝尝要是好吃,就买点当土特产也不错呢。"

千川说着,把淡红色的火腿、切成厚片的培根和一看就知道肉质瓷实的香肠利索地分到三人的餐盘中。过了这么久,他还是那么实诚,我开始回忆起当年的情景。

我与松本、千川,还有今天的主宾清原,大学时在一栋名叫"清风庄"的公寓里共同度过了四年时光,是所谓"吃一锅饭"的伙伴。父母为了让我们专心学习,把我们送到了这么遥远的北方大地,可"儿女不知父母心",我们每天都不分昼夜从早到晚打麻将。一周里有五天都去某个人的房间打麻将,说我们是"狐朋狗友"也许更合适。

四席半榻榻米的房间里既没有厕所也没有浴室,上厕所的话就去公寓旁边的公共厕所,洗澡就去澡堂,走路八分钟就到。连洗澡也四个人一起,连肥皂谁是谁的都分不清。当然,也没有厨房和小洗碗池,吃饭去隔壁房东家的客厅(当时我们管那里叫食堂)解决。那里住着年近六十岁的夫妇二人,太太一个人做十六个学生的饭。据说为了公平,每个年级都有四名学生入住,可年龄不详的学生也有几个人。其中房东夫妇对我们四人分外照顾，因为我们跟他们的儿子同岁。他们的儿子去了东京读大学。

——自己家附近明明就有好大学。唉，去东京生活让人担心。人生在世间就要相互扶持。我们对别人家的孩子好，别人也会对我们家的孩子好吧。

就是说这话的房东大叔教会我们玩麻将的。

房东太太做饭很好吃，但端盘摆桌却很随意，不管是炸土豆饼、煮南瓜还是土豆沙拉，把装着菜的大盘子"咚"地往每个年级的桌子上一撂就完事了。要是猪肉酱汤或是咖喱，就直接连锅端。当时手法娴熟地为大家分餐的就是千川。我一开始很佩服他有眼力见儿，可后来听千川说，家里兄弟五个，他排老三，总觉得别人分得不平均，大哥的蛋糕块儿大啦，弟弟的咖喱盛多啦，之类的，自己吃饭都吃不踏实，才毛遂自荐要负责分餐。听他这么说，我们都不客气地把这项工作全权交给他了。

作为独生子，这种理由我连想都想不到。

火腿、培根和香肠都分配得十分平均。

"对了，你刚才说啥？"

松本边接过威士忌酒杯，边问我。

"我是问你，咱们四个人有多久没聚在一起了。"

"我的结婚典礼之后就没聚了吧。正好二十五年了。"

"过了那么久吗？我怎么觉得上次见面就是最近的事呢。"

我在家里的一楼写东西时，连简单的汉字都想不起来，去二楼的书房取词典，到了二楼却想不起自己是干吗来了，结果狼狈地空着手下楼，最近这种情况发生了好几次，可发生在四分之一个世纪之前的事却记得很清楚。

那对松本来说是二婚，但时间是泡沫经济繁盛的顶峰。松本在横滨的高层塔楼顶层餐厅，包场举办了盛大的婚礼。我在婚礼的娱乐抽奖环节抽中了一台电视，可这似乎只是个三等奖。新娘子美得像模特，年纪比他小了整整一轮。

松本从学生时代就很受欢迎。我、千川和清原这种小地方出来的人，无论怎样都摆脱不了一身乡土气，但出生在横滨的松本从入学起衣着和发型就很时尚，与他深邃的五官相搭配，很受女生欢迎。松本的房间里有一台CD机，他经常给我们放披头士的歌，也常把女生带回房间。因为公寓墙壁很薄，为了掩盖女人的叫床声，他在深夜也把CD机的音量调得很高，可这反倒成了他带女人回来的一种信号。房东大叔总在完事后的第二天拿这个取笑他。有好几次，他叼着烟笑嘻嘻地跟我说，要是羡慕的话他随时可以给我介绍，但我一次都没开过口。

"跟你的美女老婆生活得如何啊？"千川问松本。

松本经常同时谈三个女朋友，在公寓门前曾不止一次地上演过惨烈的战争。"不做亏心事，不怕鬼敲门"，我们三人挤在同一房间的窗前，像排成行的大雁那样伸长了脖子张望，在恶战中，表情最轻松的总是罪魁祸首松本。跟第一个老婆离婚也是因为松本出轨。我第一次听到"圆满离婚"这个词，也是从松本口中。

"美女？你到底说的是谁啊？"

松本虽然用搞怪的语气回答，但还是从夹克兜里掏出手机，让我们看他最近拍的照片。这是一部最新型的智能手机。他太太以前很消瘦，现在变得丰满多了，但还是个美女。她抱着一个穿着粉色衣服的小婴儿幸福地微笑着。

"可爱吧。上个月刚出生的。我终于当上外公啦。"

看来他是一直在找机会给我们看照片。太太的事半点都没提，又用手机的演示功能给我们看了好几张小婴儿的照片。

"女儿出生的时候也开心，但更觉辛苦，怕她哭闹，怕她动不动就发烧。但是小外孙的话，破格多宠着他点儿也没关系。"

"现在还只会睡觉呢。以后等他会说话了，那才更可爱呢。"

千川像是在跟松本攀比，也拿出了手机。他的手机跟我的一样，是老式的。他先把待机画面冲向我们，照片上三个孙子齐聚一堂。长孙似乎明年春天要上小学了，千川边说"之前就给他买好了书包呢"，边高兴地让我们看幼儿园运动会之类的照片。松本和千川虽然都没跟孩子一起住，但好像离得不远，开车没多久就能到。

这是最好的生活状态。大女儿住在东京，外孙从小学一年级起几乎每个月会寄一封信回来。信里大都是跟妻子说的话，但也没忘了我。跟我都是在说家里养的狗怎么样了，可能是想跟我这个当高中理科老师的外公汇报关于动物的事情吧。

"真是对小外孙中了邪。孙子简直就是天使。"

松本像是说出了一句高明的话，用一只手的食指抹了一下鼻头。

我刚想说"你说这话不对"，但又往嘴里塞了一块培根，硬生生地把这句话咽了下去。我之前也曾这么想过，特别是对亲孙女……

"对了，"千川冲不太想加入对话的我说，"上个月我给清原打电话时，听他说佐伯你是和夫人一起来的，你怎么没带她过来？"

"你那位'铃兰君'来了吗？"松本说。

那时我还没结婚，要回老家去参加入职考试，那之前我一直打工赚钱，想给她买个礼物，却不知道她喜欢什么。我去找松本商量，为了这个他连某个女朋友都带到公寓来了。那个女生很时尚，倒是很合松本口味，可她推荐的那些都只适合她自己，她推荐的礼物，连我都能判断得出全都不适合妻子。最后我自己选择了一枚铃兰花造型的胸针。

——原来如此，是个像铃兰花一样可爱清纯的女孩子啊。

松本坏笑着点点头，之后就用"铃兰君"来称呼妻子了。这个伪君子，在我的婚礼上冲着第一次见面的新娘叫"铃兰君"，好像平时我在他们面前就这么称呼妻子一样。当时我怕妻子误会，原本紧张的心情更混乱了，这家伙就是罪魁祸首。

"啊，开始是这么打算来着，但突然来不了啦。"

"难道，身体不舒服吗？"千川关切地问。

这把年纪，突然说来不了了，别人当然会首先考虑身体原因。可能大家的体检结果上都有大大小小的注意事项吧。

"没什么大事。"

我的回答没有否认身体原因。可实际上，我是被妻子拒绝了。但我并不认为这是自己的错。如果我多少认为错在自己身上，这次肯定会让步。让妻子看看我的母校，是我与妻子在四十年前的约定。

刚显摆完外孙，松本和千川又开始聊爱好。松本退休后一直热衷于打高尔夫，而千川竟然开始上厨艺培训班了。

"一周两次课，针对我们这些退休人群，教一些简单的家常菜做法，是男人厨艺培训班。说着简单，开始时可真是一场恶战啊，削土豆皮时，削下来的比手里剩下的还多，但现在，咖喱跟炖土豆对我来说都是小菜一碟。前些日子妻子不在家，大儿媳生病卧床，我还给孙子们做了咖喱饭呢。他们都说'爷爷做的咖喱饭比妈妈做的好吃'。这是自然，儿媳为了健康放的都是菜，我放的肉比菜多。不管怎么说，小孩子还是喜欢吃肉啊。而且洋葱还加了糖……"

千川提到做菜就滔滔不绝。松本也一直挺感兴趣地搭话，说："为了让外孙高兴我去学做点心吧，最好是个少妇多的培训班……"真是江山易改本性难移。

"这么说来，'铃兰君'一直都在经营面包店吧。"

松本像是突然想起来似的。我心想：多管闲事，我们家的事你瞎操什么心。刚要叹气，可又一想，要是清原在场，应该早就提到这件事了。学生时代的记忆鲜明依旧，但没法像清原那样连事情发生的日期都记起来。他的身边还围着一群学生，队也似乎还在排。看这个情况，我们是没法去跟他同桌并坐了。聚会之后，我们再去跟他转场喝一杯吧。

"那么，佐伯你也在做面包吗？真好呀，我之前还真想过退休后自己开个店呢，你觉得如何？"千川说。

千川大学毕业后，进了总公司位于东京的大型文具厂工作。这次我们送给清原的纪念品钢笔，也都是他前后张罗的。

"要是开店的话我可以给你建议哦。"松本说。

松本在经营一家从父母那里继承来的房地产公司。泡沫经济破裂时，经营十分困难，他甚至一度想要连夜潜逃，可与生俱来的乐观总算带他冲破了难关。如今他把公司交给女婿，自己退居二线当顾问了。

"不过，具体的经营方法还是得问问佐伯。"

话题又回到我身上了。

"店里的事我从没插手过。虽然名义上退休了，可单位人手不够，学校返聘了我，今年也一直都在上班。"

"这样啊。最近学校出了事，好像愿意去当教师的人很少呢。"

孙子马上就要上小学的千川好像想到了什么，表情微妙地点头。"也没那么夸张啊。只因为是在乡下，招不到年轻老师。虽然我好久都没站在讲台上讲课了，但高中生都挺听话。"

说这些话时，我的心中涌出了自信。是的，如今的学校并没有那么腐败，也没比以前更严酷。初中也一样。只是孩子的心灵变得脆弱了而已。

宴会进入了高潮，清原开始讲话。虽然没这么大阵势，可别人也曾给我举办过盛大的送别会。我可以自豪地说，我的职业生涯很充实。可是，并非每天都欢声笑语地度过。松本和千川也一样吧。这会场里的年轻人，虽然在这儿是一副开心的表情，可大部分人应该都是置身于社会中，煞费苦心地拼命求生存。正因为如此，才有颜面来见同学，然后把自己的艰辛化作笑谈，相互勉励"下次聚会之前加油"，再回归自己原本的生活。

一般人会把这称为小小的幸福，可我觉得这就是多彩的人生。既然如此，年轻时就逃避社会怎么行呢，一直闭门不出怎么行呢。这么做之前先要想清楚，自己可是失去了跟朋友共度的值得回忆的时光啊……喂，阿萌啊。

我成长在山阴地区的一个山间小镇。大学毕业后，我回到故乡，与在同一个镇上长大的妻子结婚。那时还是经济高速发展期，许多人去城市追求更优越的生活，可我却选择了回老家。丢下故乡，自己一个人去寻找幸福，这并不是件难事。可如果这么做，内心深处一定会后悔吧。而这个选择最终证明的是，开拓人生需要的不是个人的能力和努力，而是成长的环境。在乡下小镇上出生的人，注定一生都会认为自己看到的就是世界的全部，注定一生都无法意识到，在自己认为空无一物的高山的另一侧，其实有无数灯火通明的城镇。

去镇外上学，知道了那儿有灯光，自己也可以去那里。这就知足了吗？竭尽全力，让自己的家乡也能点亮明灯，让身边重要的人都能在明灯中生活，这才是自己出生在这个城镇的意义所在，难道不是吗？

为了这个，我也要回故乡，想让孩子们知道明灯的存在，想让他们每个人都能成为点亮明灯的人，想为此奉献出自己的一生。

做了这个决定，我选择了高中老师这条路。虽然现在人们都觉得教师是个最安稳的职业，可当时却是"之类只能"的时代。提到老师，都是"当个老师之类的吧""只能去当老师了"这些话。

以为我是放弃了某些事回乡下，以为我其实很憧憬城市生活，以为我羡慕能居住在城市的人，以为我也许是在嫉妒他们……我自认为信任我的人，是不是这样误解我的呢？

两人构筑一个温暖的家庭，和小镇一起慢慢变老，如此深信不疑的或许只有我一人。

长女和长子成了空姐和船员，全都走出了这个小镇，如果我那时注意到就好了。孩子们展翅高飞，我不会埋怨。问题是有潜力去点亮任何明灯的年轻人，自己却想要放弃。

没有什么特别的理由。这么想的也只有我一个人。

刚才说的话也许让松本他们认为我还在孜孜不倦的工作。可我身为一个代课老师，去附近的公立高中上班，只有周一、周三和周五三天，每天两个小时，一共才只有六个小时。为了不受时间约束，我每天上午去学校待两个小时。退休之前我在母校任校长一职。如今虽在其他学校代课，也有几名相熟的老师，可他们就算没课，也因在上班而不能陪我喝茶聊天。为了不给人添麻烦，我尽量做完自己的工作就回家。

从学校回到家，大概是下午一点左右，妻子也在我下班时从店里回来，两人吃一顿有点迟的午餐。跟以前每天上班时一样，妻子亲手做的三明治每餐必有。在家吃三明治时总会配上一碗热汤。这就是时间有了富余的证据。妻子下午三点再回店里。我劝她退居二线，她却笑呵呵地说，要是我带她去退休旅行的话就行。为了这个尚未实现的约定，我开始收集北海道的旅游信息，按照自己的想法做一些计划。总的来说，我在家里过得很悠闲。

我们和儿子儿媳同住，已经好几年没有独自一人在家的时候了。虽说有儿子儿媳，可儿子秀树现在是船员，一个月回家的次数屈指可数。儿媳亚纪在妻子的面包店工作。她从高中时起就在店里打工，以此为契机和秀树相识，最终结婚。我很吃惊，难道父子在这方面都如此相似吗？但我对亚纪并无任何不满。她开朗、勤劳，最重要的是，她给我生了一个可爱的孙女阿萌。

秀树结婚，房子装修成了能住两代人的格局，虽然和他们夫妻二人只在吃晚饭时能照个面，但阿萌小时候总来我们老两口的卧室里玩。她让我陪她玩时，我也不知道该怎么跟她玩，就带她去书房，让她看动物和植物的图鉴。我指着书上的照片和图画告诉她名字，这期间阿萌很自然就记住了文字，到上小学时，平假名自不必说，连片假名和简单的汉字都会写了。有时就算不看图鉴，她也能流畅地说出图鉴里的内容，我跟妻子都十分高兴，想着以后她没准儿能当个博士或者政府高官。

儿子儿媳很冷静，笑着说十岁一过就变回普通人了，可阿萌上初中后成绩依然很好。亚纪拣我爱听的说"是不是随爷爷啊"，我欣然接受，说，那就以爷爷毕业的大学为目标吧。这让我无比开心。我跟妻子提议，在游览母校的计划里也加上阿萌，妻子一听就很高兴，说就这么办吧！

早上一个人时，我开始重新阅读已经沉睡许久的书……梅雨时节即将来临时,在家里的不止我一个人了。

房子里面,只有一楼的厨房与儿子儿媳的住处相通。因为大门有两个,所以除了吃饭的时候,我们几乎不会碰面。最初觉得奇怪,是下午一点左右,我以为妻子从店里回来了,就去了厨房,可妻子是从与儿子儿媳住处相通的门进的厨房。

——亚纪让我帮忙看看……说电熨斗的电源好像没拔,想让我帮忙检查一下。

妻子慌张地说。我想,粗心的妻子偶尔会犯这种错误,可亚纪一直都很周到,出这种错真是少见。

——这可挺危险的啊。

——可我一看,电源已经拔掉啦。她也许就是有点不放心。

有时自己着急出了门,也会担心家门没锁,我就没再追问。可这件事之后,过了几天我在二楼书房看书时,突然听见楼下传来什么声音。离妻子回家的时间还早。近几年小偷瞄上了老人的房子,这类盗窃在农村也时有发生,闹得人心不安。我拿出藏在玄关处防身用的木刀,循着声音,悄悄走了过去。声音在厨房,怕是妻子。我举着木刀,怕被人突然袭击,小心地挪步,却发现厨房里的人是阿萌。

怎么没上学——我问。肚子痛请假了,阿萌用手捂着小肚子回答。她说没去医院,我就问用不用开车送她去医院,她却说睡一觉就好了,逃也似的奔出了厨房。过了会儿,传来了微波炉加热完的提示音。我打开微波炉一看,是香喷喷冒着热气的炸薯条和炸鸡块。我心中涌出疑问"不是说肚子疼吗",更让我不解的是,吃的还没热好她怎么就回房间了呢。我也想给她送过去，可之前从没去过儿子儿媳那边。心想着，也不是什么要紧事，等肚子好点了就会自己来拿吧，我把盘子原样留在微波炉里就回房间了。

后来妻子回家，我跟她说，阿萌好像是肚子疼，请假了。她愣了一会儿，然后回答是啊。原来妻子知道，闹半天就自己不知情，连木刀都用上了，我觉得很不好意思，马上转变话题了，要是那时再认真追问一下就好了。

结果这件事发生一周后，我才得知阿萌不去上学的事。说起来真是惭愧，那时，阿萌已经一个月都没去学校了。

在场所有人连呼三声"万岁"后，纪念会在和谐的气氛中结束了。因为还要换场，我趁门口还没挤满人时起身离席。主角清原亲自打电话预约了店，可是，要跟他聚齐还得再等一会儿。

包里装着出发前在自家打印出来的地图。

"好像从这儿步行要十来分钟哪。"

松本边看手机边说。我本想追赶时代的潮流，但好像还是落后了一步。

"啥呀？我还让儿子帮我打印了一份地图呢。"

貌似我比千川还是超前了一步。不，我是五十步笑百步了。店就在大马路的某条岔路上。以前拿到打工的工资或是生活费时，我们经常这么拉帮结伙地上街。

我离开乡下来到这里，才知道夜晚也可以如此明亮。住在那个乡下小镇时，乘巴士去市区上高中，就觉得自己进城了。可那里的灯光连这里的十分之一——不,百分之一都不及。要是带她来这儿,她会是什么表情呢?我想起她一直仰望着天空说"能不能去山那边看看啊"。如果她在这儿,肯定会瞪大双眼惊呼"真美啊,真美啊"。她肯定会拉着我的手,连蹦带跳地在夜晚的街道散步。她肯定会用溢满灯光的亮晶晶的眼睛看着我说:"谢谢你带我来这么美的地方。"

就这样,在我觉得自己更了解外面的世界,沉浸在满是优越感的想象之中时,她的视线被有更多灯光的城市所吸引了。

"说起来,你已经去过清风庄了吧?"松本问。

"还没,我乘的航班今天下午刚到这里。我想,明天再去好好转一转。"

我没有接着话题问"你去了吗",因为我注意到,松本脸上一瞬间浮现出了"后悔问出这个问题"的表情。

"不是没了吗?"

千川一语道破。

"啊,你也去了吗?"

"十年前就没了。"

千川的儿子跟他上的同一所大学,好像开学典礼时他们夫妇都去参加了。

"要是没这机会也不会去。其实我是想,我儿子要是也能住在清风庄就好了,还事先给房地产公司打了个电话。然后对方说,没有这么个公寓。唉,这也不奇怪啊。我们住在那儿时,房东就已经快六十岁了。那之后又过去三十年,不可能还在工作了。但我还是想去看看那块地现在用作什么了,就带着妻子和儿子去了一趟,发现那儿建起了挺漂亮的公寓。房东的房子还留在那些公寓之间,门牌上写的也是大叔的名字。"

千川描述的情景在头脑中蔓延开来,就像我自己亲眼所见。我不记得那房子装了门铃。为了让学生随时能吃上饭,房子一年到头连晚上都不锁门。千川说他"嘎啦嘎啦"地拉开那玄关的拉门,心中有些许紧张,还问了一声"有人在家吗"。

"结果,房东妻子走了出来,看起来精神还不错。"

一开始,她都没想起千川是谁。

"可是啊,一看到站在我身后的儿子,就想起我来了,问'难道是千川君吗'。她说'啊,你娶了这么年轻漂亮的媳妇啊',可其实我老婆比我年纪都大哪。"

千川吸了一下鼻涕,像是故意打了个寒战,说,晚上还是有点凉哪。他就算不这么演戏,我也能对他当时的喜悦感同身受,同时还有对他的羡慕。自己怎么没趁来得及时,带家人去拜访一次他们呢?真不该那么无谓地固执。

千川一家进了食堂,跟老太太聊了一会儿天。

"她说大叔头一年去世了,不过也算是长寿了。还说大叔也一直记着我们,时常想起我们,念叨'那时总在一起打麻将呢'。"

"当时咱们都挺爱抽'Hi-Lite'牌的烟呢。"

松木说,眼睛眯了起来。打麻将时,大家抽的都是大叔的烟,直到现在,我一想起麻将,连带着就能想起"Hi-Lite"的蓝色烟盒。

"昨天连房子也没了,但是能听到千川的这番话还是很开心。"

我点头,心中表示赞同。

"我们也早就超过当时大叔的年纪了。"

"当时还觉得大叔真老呢。"松本说。

"真是。"千川重重点头。

"能住在那儿,真是太好了。"

我脱口而出。还以为会被松本嘲笑,他却像是在回味,回答"是哪"。我们刚想搭着肩膀,边走边唱当时的流行歌曲,可要去的店已经就在眼前了。

"北渔场"……好像不是连锁店,看上去像是学生和年轻白领们喜欢的店。

店员把我们带到里面的一张桌子,我再次环顾店内。天花板上裸露着黑黝黝的房梁,让人联想到渔夫小屋。墙上装饰着五颜六色的大渔旗。店里流淌着北原美铃的《石狩挽歌》。不出所料,确实有几桌年轻人,但我却没觉得不舒服。我们点了生啤,翻开菜单。有个貌似打工学生的店员,指着收银台告诉我们那是今日推荐菜品,我们就先往那边看。

冻生鱼片,北海道花鱼,八角鱼……我似乎知道清原为什么会选择这家店了。

点了冻生鱼片和普通生鱼片的拼盘,松本和千川又聊起了孙子的话题。一开始是千川说最小的孙子对鱼子过敏,说的不是刚才在酒店时那种一个劲儿夸自己孙子可爱的内容了。儿子全家过来玩，千川叫了高级寿司外卖，寿司里有海胆和鲑鱼子，为此还闹了些不愉快。

"不让孩子吃不就得了吗。儿子回家后发了邮件过来，说让孩子眼睁睁看着大人吃怪可怜的。也许是他媳妇让他发的吧。唉，也许没住在一起算是对了。"

我们家……因为松本接了话，我没有开口表示同意，但心中点头赞同：你的心情我很理解啊。

在洋溢着青春味道的喧嚣中工作了四十三年，如今每周也有六个小时置身其中。可当一天中的一半时间都在安静中度过时，这一把年纪了，听觉反倒更加灵敏了。有一天早上，大概是刚过九点，我在二楼的书房看书，窗户开着，我听见"嘭嚓嘭嚓"的音乐声。是年轻人爱听的节奏感很强的歌曲。

我想了想，这个时间，这附近，有听这种音乐的孩子吗？可现在也不是周末，附近也没有大学和高专。而且我觉得音乐声听上去就在附近，便把脸探出窗外，想寻找声音是从哪里传出来的，我集中精力侧耳倾听，发觉这不就是从我们家房子的二楼传来的吗。

难道阿萌在？可要是身体不舒服，想休息，就不会听这样的音乐。我联想起上次在厨房碰见她的事，某种预感油然而生。因为是家人，才认为"我家的孩子不可能"，才不会往那儿想，而作为一名教师，却能马上察觉到。

阿萌是不是一直没上学……

中午妻子回来了，我去问她，她才勉强跟我坦白了。我跟她说，要是再糊弄我，我就直接去问阿萌本人。妻子每天都瞒着我给阿萌送饭。

——为什么不告诉我呢。学校的事，我是最清楚的啊。

说真的，我内心十分不满，但妻子的回答让我更不高兴了。

——觉得就算告诉你原因，你也理解不了。

——你不告诉我，怎么知道我理解不了？

我觉得自己能理解才如此断言，但其实真的没法接受。

阿萌现在上初二，在那个班里，最近常有耳闻的小团体现象很明显，阿萌属于一个势力最大的团体，却跟别人不太合得来。虽然她成绩很好，可那些小团体大概是按声音大小来分的。这种划分有时会无意中伤害到别人，可学校的班级活动其实也是高一级的小团体，所以也不能一概否定。长假结束后，她们班的一名女生开始被人欺负：遭人无视，有人把她的东西藏起来，或是在老师看不见时挤撞她，据说除了这些以前惯用的做法，还用上了手机。知道她节奏感不好，就强迫她跳舞，用手机拍成视频传到网上曝光。也许那些欺负她的孩子学到过，若是施暴和脱衣服，就超出了学校管理的范围，警察会来介入，而让人跳舞却不会轻易被处分。当老师发觉时，为时已晚，那个学生已经不来上学了。

——然后呢，这跟阿萌有什么关系？

她也欺负了那个学生吗，还是那个被欺负的孩子是她的好朋友，她却没能帮上忙？还是因为出手相助，那些人也开始针对阿萌了，所以没法去学校了？

这些猜测都不对。

她没有去参与，而是装作没看见。阿萌跟被害者的关系没有多么好。她只是不想置身于那个充满恶意的场所，只是不想对自己生之为人感到绝望。仅此而已。

老师没来家访，是由于正为欺凌问题忙得焦头烂额，顾不上阿萌这个局外人。

这种理由行得通吗？我话都到了嗓子眼儿，可跟妻子说也没用。这不是爷爷奶奶简单就能下结论的事。

——跟亚纪说一声，全家商量一下。

我冷静地跟妻子说。那天晚上，我、妻子、亚纪和阿萌四个人，在厨房里摆桌坐好。我先面向阿萌。

——我说，阿萌，爷爷这么多年一直都在学校工作，无论学校里教室的数量多少，都有问题存在。让每个人都能开心上学的班级几乎没有。就算偶尔有开心的时刻，也不可能一直保持三年。这并不是因为班里混杂着坏人，而是有些人容易犯错误。并不是特定的某些人，我们自己也有可能变成那样。在这其中，老师有责任去纠正他们的错误，可也许只有他们自己才能真正改正这些错误。意识到自己和别人的错误，努力去改正，人因此而成长，并能获得勇气，能与别人团结互助，能变得更强。进入社会，就会遇到更大的困难。可到那时，支撑着自己的是十几岁时培养出来的坚强。现在不能逃避。阿萌，你还有各种潜力，就算为了去开拓未来，也应该去学校上学。

我觉得，阿萌这么聪明，自己可能说太多了。就算不翻来覆去地说这些话，这孩子肯定也能理解。可我却听到了自己万万没有想到的回答。

——你自己还不是阻碍了奶奶的梦想吗？

头脑一片空白，体内的血液好像烧开了一样往上涌。

——我不知道你是听谁说的，可你知道什么？你要是觉得自己懂事，就去想想，你随便找个理由不去上学，也许会让别人难受。尤其是挨欺负的那个孩子，如果她知道你不上学了，她会怎么想呢？你没伸手帮人家一把，还拿别人挨欺负这件事给自己的懒惰当幌子，你也太残忍了吧。她不会觉得比起那些欺负人的人，你的性质才更恶劣吗？

——她爷爷，你说过头了！

妻子想拉住我的手腕制止我，但是已经迟了。阿萌眼中含泪，全身颤抖着冲出了房间。可我并不认为自己说错了。我用眼神询问了一下亚纪，心想，作为父母肯定能理解吧，可亚纪说的话也让我失望。

——阿萌自己想去上学之前，我觉得还是先等等。所以请爸爸您也用一颗宽容的心去守护阿萌吧。

这是典型的妈妈娇惯女儿的腔调。我从不记得有人光靠等就能等到他回来上学的。不上学的时间拖得越久，精神层面上就越难回归学校。趁着班里同学的视线集中在被害者身上时，趁着还能把身体不舒服当作借口时回学校上课，这是为阿萌着想，难道亚纪她没想到这些吗？

发生了这种事，还让我宽容？不过，女人可不就是这样。

——秀树说什么了？

——我不想让秀树担心，所以就没跟他说。

——啊？你把孩子爸爸当成什么了！

我没觉得自己的怒吼声有多大。本来我也不爱跟人大吼大叫。因为我知道，就算声音大，也不能缩短我与对方的距离，剩下的只有不信任感和恐惧。亚纪用饱含这两种情绪的眼睛看向我，她和阿萌一样，逃也似的跑出了房间。

——你说的话一句都没错。

留下的妻子静静地说。到头来，还是只有妻子最能理解我。

——可并不是所有人都能像你这么有逻辑地去思考。就算知道自己错了，在感情上也没法儿轻易接受。在你明白我说的这些话之前，我会站在亚纪和阿萌这边。

后来阿萌放暑假了，妻子说要和阿萌两人去旅行，转换转换心情，连要去哪儿都没告诉我，就拎着大旅行包出发了。那之后，我的伙食全靠盒饭解决。

我"咕嘟"喝了一大口生啤说：

"我也应该去学学做菜哪，为了自己能有的吃。"

"喂，我说，你怎么啦？和'铃兰君'吵架啦？"

松本把胳膊搭在我肩上问。在这里一吐为快也许心里就舒服了，可我还是不太愿意跟这些几十年没见，也不知何时还能再见的老朋友，为近一个月的事发牢骚。

"啊，没什么，我正在摸索第三种人生。"

话音刚落，清原到了。和我们隔了一桌的男女四人跟他打招呼说"老师您辛苦啦"。之前还以为他们是普通的公司职员,看来是刚才聚会上的学生。

清原刚在我们桌落座,松本就冲柜台里面的店主说"拜托上一下那个"。打工的学生端来了一瓶香槟和几个香槟杯。松本之前跟店里打过电话了,店里平时不预备香槟,今天是特意给我们准备的。

"不好意思,还有他们那桌的杯子。"

松本又要了四个杯子,大家一起举杯。千川把纪念品递给清原,说这是大家的心意,我们四个人再次围着桌子坐好,清原终于把领带松了松。

"抱歉啊,让你们等这么久。"

"我跟千川对着夸自己的孙子,感觉时间一晃就过去啦。佐伯好像在思考第三种人生。"

松本"嘿嘿"地露齿一笑。我们又加了几个菜,三人围在了清原身边。

"你今后有什么打算吗?"

千川问。

"还有事需要收尾,只定了要跟妻子去乘船旅行。"

哇——三人同时兴奋起来。喜好传统的秀才退休后的计划却这么时髦。什么时候?什么路线?去几天?我们几个连珠炮似的追问。清原说已经大体决定了跟哪个团。来年春天乘"富士山"号游船从横滨出发,大概花一个月时间,环世界一周。

"'富士山'号不是日本最豪华的客船吗?真厉害啊!"

松本看过电视节目中的介绍。赌场、电影院、舞厅、游泳池,主流娱乐设施在船上应有尽有。菜品有日式、中式、法式、意式,各国的一流菜品都可以在那里享受到。

"真是悠然自得啊。"

清原夫妇没有孩子,也不必为家庭问题而烦恼吧。

"可是,跟太太两个人……"千川冒出这么一句。

松本也轻轻"嗯"了一声。

"也不是一天二十四小时都在一起吧。"

接了句茬,可我没资格说这话。

"妻子从十年前就对交谊舞很入迷。她很期待在船上找个年轻舞伴,每天沉浸在舞蹈中呢。前一阵租了《泰坦尼克号》的DVD看,也许是受那个的影响。"

清原阴阳怪气地说。

"那你一个人打算干什么?一个月呢,这么长时间。"

松本开口问道。清原像是正在等人问出这句话,两眼熠熠生辉,环视了一下每个人。

"我想尝试写小说。"

继听到乘船旅行之后,松本和千川又一次"哇"了一声。"看来咱们送钢笔还送对了哪,不,现在不都是用电脑打字吗?"我们就像在讨论学园祭办什么活动的学生。

"可是,你这个经济学教授能写出小说来吗?"

千川问道。

"我对自己的阅读量还是有自信的。现在退休了,说出来也无妨，我孩提时的梦想就是成为一名小说家。父亲的哥哥在出版社工作，我还以为父母也会赞成呢，却被严词拒绝了，说再说傻话就跟我断绝关系。所以我决定等退休之后就挑战一下。"

"真厉害啊。你不止是想写，今后还想要当小说家吗？"

松本满心佩服地说。

"之前的流行文学作家松木流星出道也很晚。我记得他五十岁左右才出道。当时的五十岁不就相当于现在的六十五岁吗？"

"好，那下次的聚会，就是庆祝你的书出版啦。"

松本意气风发地说完，悄悄问了千川一句"你看过松木流星的书吗"。千川回答"那还是看过的"，列举了好几篇有名的作品。松本说"不是只看的电影吧"，这句话把他自己暴露了。

清原一语不发地看向我。

"你太太后来又写过小说吗？"

"那之后就没写啦。"

"这样啊……"

这里知道妻子想当小说家的只有清原一人。上学时，妻子给我写信，一并寄来了她自己写的小说。虽然她不是专业作家，小说内容却很有意思，让我读完之后意犹未尽，可我从没想过她是真的想当小说家。

她跟我说想去做松木流星的弟子，求我让她去东京时，我们已经订婚了。当时就像是晴天霹雳、当头棒喝，总之她说什么我都没法理解。她说是小学同学介绍的，可现实中哪有这等好事。上学时我就知道，清原的伯父在东京的出版社工作。清原房间里的书架上摆着二十名作家的书,我一直找不到这些书的共同点,就问他是以什么标准选的。他告诉我,是他叔叔负责的作家写的书。所以我背着妻子给清原打电话,跟他说明了情况,拜托他叔叔去打听一下松木流星的为人。

"我的做法是对的吧?"

"我不知道你们夫妇在那之后发生了什么事。但我可以说一点,你听说过有松木流星的弟子成为作家了吗?"

直到今天,直到现在,我都没想过这一点。

"啥?难不成'铃兰君'也想当作家?"

松本插了句嘴。可事到如今,我更不想去提当年的事了。清原开口了。

"松本你到了这个年纪,也会有一两个想写出来的故事吧。你们先听听我的构思,退休四人组,被卷入了与德川宝藏有关的阴谋,勇敢地挺身而出的故事。"

"是以我们为原型吗?"

千川也加入了谈话。我起身去了趟洗手间,完事后出来时,看见幽暗的过道一角站着一名女子。是清原的学生,刚刚还一起干杯过。失礼了——我轻轻点头从她面前经过。

"'火腿君'!"

也许是刚刚重提旧事的缘故,我仿佛听到当时的妻子在叫我。我停下脚步扭头看去,跟清原的学生目光交汇,可她不可能知道这个称呼。别说这个称呼了,她连我的名字也不知道吧。

"那个,没事,失礼了。"

女人低头跑走了。是不是我幻听了，还是她确实跟我搭话了，是我听错了。我发现，回位子之后她也不时地往我这边看。这到底是怎么回事。我想问问清原，但他正在大聊书的话题，不知他的构想有几分认真，决定稍后再问。

"喂，佐伯。我们拜托清原在小说里把我写成神射手，把千川写成有名的剑客。你呢，想当什么？"

好像上大学时我也没参与过类似的话题。当时我们四人去看外国历险电影，曾在回来的路上探讨过。

"清原当时说要当会下象棋的参谋。我当然是想当擅长制造炸弹的发明家。"

这么一来，话题变成了当时热追的电影。据说，我们每次看完电影必去的拉面店现在还在。

如今，日常生活的那些麻烦事儿，就随它去吧。

酒足饭饱之后，松本提议去学校转转。"同意！"我跟千川同时举手赞成，心想这应该不算非法侵入吧，用眼神向清原询问。结果清原也举手赞成，我们马上让店里帮忙叫了出租车。

我们也替清原的学生结了账。临出店门前，我回了一次头，果然，在洗手间外碰见的那个学生正看着这边。可我没太在意，就走出了店门。这是辆大型出租车，千川坐到副驾驶席，松本和我坐后排，清原却没上来。是不是在跟学生们说话呢——千川问。等了一会儿，见清原走了出来。他边说"不好意思"边坐在我旁边。

"到北海道大学正门。"千川跟司机说。

"趁我还没忘，这个给你。"

清原从装着纪念品的纸袋子里取出一个装着文件的牛皮纸信封。

"刚才一个学生给我的,说可能是你忘掉的东西。"

我接过清原递过来的信封,却不记得自己有这么个东西。信封没封口,我打开往里一看,装着一沓纸。上面密密麻麻地印着字,可在昏暗的车里,不把纸拿出来很难看清写的是什么。但可以肯定地说,这不是我带来北海道的。

"拿到酒店再慢慢确认吧。如果不是你的东西,就放在前台好了,我会还给她的。你住哪个酒店?"

"我住在站前酒店。"

"你到时候联系我,我明天就让研究室的学生去取。"

清原根本就没想现在拿走。那好吧,我把信封放进了包里。说话间已经到目的地了。明明离大路没多远,夜风却十分凉爽,正好能醒醒酒。

校园很大,可就算没人先开口,我们也都知道该往哪儿走。我们要去的地方,是建在高台上的学校创始人雕像前。然而,我们并不是要去见这位伟大的老师,只是背对雕像,面朝刚刚喝酒的繁华街区,四人并排站立。

"一样的……"

从这里看到的夜景,是我上大学时最喜欢的景色。

我也曾去过几处像函馆、神户和长崎这样的夜景胜地。每个场所都如此美丽夺目,所见之处都是铺天盖地的灯火,仿佛要将观景者吸进去一般。相反,此刻展现在我们眼前的是让人联想到深色海洋的黑暗——那是校区里的整片绿地。而巨大海洋的对岸，是鲜艳亮眼的街道灯光。

学理科的我经常会住在研究室。我在那时看到了这片景色。我觉得，这片深色的海洋就像是黑色的要塞，跟环绕在故乡小镇四周的群山一样。不过与故乡的景色不同的是，它的对面闪烁着光彩夺目的灯光。那段距离伸手也够不到，也没觉得会被吸进去。虽然隔着一座巨大的屏风，也并不是走不到的距离。

我遥望着这片景色，想着将来的事和故乡重要的人。某天，身后突然传来松本的声音，他问我"是在跟人约会吗"，我跟他坦白说，自己喜欢这个地方。松本说"真是奇遇啊"，说他自己也很喜欢这个地方。我顶了他一句："你生在横滨，怎么会喜欢这里！"可他有他的理由。

"以前只要在这里一站，心中就会涌现出一个耀眼的想法，虽然我现在只是个学生，但总有一天我会成为一个能控制光的人。如今再看，闪闪发光的东西，还是离远点看才好。要是离得太近，就会被吞噬了。"

松本望着夜景说。

"其实我也带我太太来这儿了。儿子想在离夜景更近的地方看，可妻子却看得很入神呢。"

千川说。

"我每次碰壁时都会到这儿来呢。"

清原说。

在这里和松本相遇的几天后，在乌烟瘴气的房间里打麻将时，我突然很想看这景色,大家就一起来了。那之后,这里就成了继清风庄之后,我们四人的第二根据地。我们聊人生的烦恼,宣泄对世间之事、对政治和社会的不满,还通宵在这里喝过酒,因此挨了门卫一顿骂。

记得他说:"会冻死的。"

时间在沉默中流逝。当初干过的事,就算不说出口,大家也能各自回忆起发生在这里的一幕幕往事吧。恐怕,这次之后,谁也不会再提出想来这里了,包括我在内。

可是,也许每个人都会期盼,我们能再次在这里相聚。

我回到酒店,感觉睡意一下子袭来,但想到清原放在我这儿的资料,还是决定确认一下。稿纸上写的是以《天空的彼方》为题的文章,好像是短篇小说。

想知道山的对面是什么,总是眺望远方景色的,喜欢幻想的面包店少女……

这是怎么回事?我只读了一页就知道了,这是以我和妻子为原型写的小说。虽然早就过了十二点,可我还是想跟清原确认。我从包里掏出手机,却发现提示灯正在闪烁。有一封邮件。

是妻子,晚上八点发来的。

"'火腿君',一切都好吗?到酒店后请跟我联络。我就在你附近。"

旅途的尽头

当被高山环绕的小镇还是我全部的世界时，群山只是告诉我季节变换的日历，我从不觉得它们是"要塞"。直到我知道了山的另一侧还有别的城镇，城镇的另一侧还有更大的城镇时，我才开始这么想。

在此之前，我都跟奶奶一样。

对去大城市实现梦想的机会降临，却得不到身边的人理解，在小镇上度过一生的奶奶来说，那些山，毫无疑问就是"要塞"。如今，我跟奶奶问起那时的事，她也会笑着回答，是那个年代造成的啊。眼角眉梢却有一丝挥之不去的悲伤。

放弃梦想的不止我一人。那时，在那个镇上，有许多想上学，却因为没钱不得不放弃的人。也有人明明心有所属，却不得不哭着跟父母指定的人结婚。后者虽是我的想象，可即使人口不断减少，小镇上的人口还不到五千，找出五个这种情况的老婆婆也不足为奇。

这些人抬头望着山，试图把自己的身影和在遥远天空飘过的白云重合在一起，他们向那些现实中摸都摸不着的东西祈求，求它至少能把自己的思绪带向更远的地方。他们在心中如此祈祷，却在那座小镇上度过了数十年的光阴。

难道不是这样吗？

山还是原来的山，可围绕在小镇四周的环境却变成了乡村。

以前去邻镇时，要在蜿蜒连绵的山路上开一小时的车，翻山越岭才能到达。可早在我出生之前，确切来说是在爸爸上五年级时，两镇之间就修好了隧道，开车不用二十分钟就能到了。从邻镇去机场的大巴虽然每天只发一班，却不用两个小时就能到东京。就算先乘特快列车到大阪，再换乘去东京的新干线，总共也花不了半天的时间。

大学也是，每年都有大约四分之一的人能升学，有时会听说有人相亲结婚，可再也没听说有人哭着出嫁。有时会在街道里看见烤肉聚会之类相亲活动的海报，先不说想不想参加，单说氛围就营造得很好。

这些时代的变迁，奶奶这代人都亲眼所见，他们不会一直都觉得山是"要塞"了吧，能感觉到山正在变矮吧。不，有这种感觉的人，只有受到了发展恩惠的人。

觉得"自己要是晚点出生就好了"，并为此而叹气的人也许更多。

当听儿子说想出海去当船员时，奶奶是怎么想的呢？当女儿成为空姐时,她是发自内心去祝福女儿的吗?要是自己也能出生在这个时代就好了,在她心中的某个角落,肯定也有这样的羡慕。

若是如此,奶奶看到我这个孙辈时,也会渴望生活在我出生的时代吧……

"阿萌,全景拍摄要按哪个按钮来着?"

充斥在我头脑中的想象,像肥皂泡破裂般瞬间消失,我被拉回了现实世界。奶奶递过来的数码相机是鲜明的亮粉色,在大自然中明明是个异物,却与知床的景色有着说不出来的相称。

我们一早乘大巴参观了知床五湖,午饭吃的鲑鱼和鲑鱼子盖饭,然后上了观光船。这条游览线路,可以从船上眺望在陆地上难得一见、被列为世界自然遗产的知床半岛的景观。从高山一直延伸入海的大地的颜色,坑洼不平的岩石的颜色,像镜子一样倒映出这些色彩的透明湖水的颜色,还有碧空如洗的天空的颜色,每种颜色都在鲜明地彰显自己。视线根本就无暇顾及人造的东西。话虽如此,这些色彩对外来的色彩并无排斥,而是敞开了胸怀去接受。

奶奶站在这五彩缤纷的背景中,显得比平时要年轻十岁。身处这片鲜艳的景色中,体内某种浑浊的色彩像要被点燃一般,让我全身难受。

"按正中间那个按钮,把箭头对着全景拍摄。"

话音未落,功能已经调好了,我把相机还给了奶奶。这样啊——奶奶从我手中接过相机,原封不动地举到视线的高度,按下了按钮。真是对机器一窍不通啊。我在心里对她都没辙了,但表情和声音都没表露出来。

是奶奶把一天到晚闭门不出的我带出来的。她原本是要和爷爷来北海道，结果只和我两人来了，仓促地买了一台自用的相机，所以不知道怎么用也很自然。

从一百米高的断崖上倾流直下、奔腾入海的瀑布，叫作汤之花瀑布，别名"男儿泪"。导游这样讲解着。我记得刚才应该也有"少女之泪"。我能够清楚地想象到少女的眼泪，可男儿泪是什么样子的呢？

老爸每次看关于动物的节目，都会在电视机前抽抽搭搭地哭。我和妈妈笑话他，他都会否认说，男人才更单纯呢。但我从没见爷爷哭过。

奶奶边一句不落地附和着导游，边拼命按快门。她就算听到"男儿泪"这个词，也根本不会想起爷爷吧。

"阿萌，听说这条线路没准儿能看见马熊呢。"

她两眼发光地跟我说这些，我却不知该怎么回答。前年不是还有头熊跑到镇上来了吗？因为奶奶是面包师，爷爷当时还提醒她说，身上都是黄油和蜂蜜的香味，最好别一个人到山那边晃悠。难道说，旅行中遭遇的熊完全是另一种生物？

"海也很美呢。翡翠绿和蔚蓝。为什么近看和远看颜色会不一样呢？"

如果爷爷在，一定会将答案脱口而出。可即使我一言不发，奶奶也不介意，继续说着话。看着旅途中的奶奶，就能明白"飘飘然有凌云之意"这句话的意思了。

话虽如此，我看海已经看腻了。

我知道奶奶带我来北海道的原因。她是想让我看看，在要塞般的高山另一边的世界，尤其是想让我看看其中最宽阔博大的土地。她一定是想告诉没法去上学的我，不必为狭小世界中的事物而烦恼。她想告诉我，就算现在很难过，世界这么大，有好多地方可以作为避风港。

这些，都是在不久之前的想法。

一到山那边的镇上就感觉挣脱了束缚，连我也有过这样的时期。爸爸是船员，妈妈是面包师，父母的工作都没有固定的休息日，可他们不还是带我去旅行了吗？我去过京都和奈良的寺庙、迪士尼乐园这种众人皆知的景点，也去过比我们住的小镇还要偏僻的地方。尤其是大海，每年一定会去看一次。

——大海很厉害吧。阿萌你若是从家里出发，不管往哪个方向走，都一定会见到大海呢。

爸爸总是这么说。爸爸说，他从上初中时起，就朝思暮想地一心想要走出小镇。每天晚上摊开地图，想好要去哪里，然后开始幻想离家出走，不管距离长短，总会到达某处的海边。这时，他才能安心地睡着觉。

我喜欢"幻想离家出走"这个词。因为自己是个孩子，被大人训斥不想待在家里时，跟朋友吵架想离开小镇时，只是莫名想去远方看看时，都没法独自远行。最远只能到小镇的边界。就算只到这里，都会有陌生的大人来阻止我说"如果熊来了就危险了"。

而幻想离家出走却很自由。

也许，那就是我为逃出小镇所做的演习。要是真的觉得撑不住，逃出去就好。因为心存这个念头，我一直相信，应该没有过不去的坎吧……

如今，我全然不这么想了。

准乘二十人的船上坐满了游客。虽然是在暑假期间，可这些人都跟奶奶的年纪相仿，有些是跟家人一起来的，还有个跟我年龄相仿的男生。我没有那么倾心于欣赏景色，却也没有感到不快，但他从上船开始就一直盯着手机屏幕。应该不是在查知床的当地信息。像平时一样跟身边的朋友交流，也会与陌生人分享。我不知道他从哪儿来，可对他而言，知床和家里一样，都是"能用手机的地方"。

我也可以马上进入他那种状态。即便我来到这么远的地方，只要我不说，对人而言我就像在家里一样。

也可以说，无论我逃到多远，对方也不知道。

若是被人骚扰，从那里直接逃掉就好，离开这座小镇就好。也许离开后也会被人说坏话，但不回去就不会听到，时间流逝，那些声音也会渐渐消失。死缠烂打追着骚扰你的坏人应该也没那么多。真有人那么做的话，我也不得不采取更激烈的行动了。

可如今，我无论逃到哪儿都很难开始新的生活。就算交到新朋友，如果对方搜索我的名字，显示的结果全都是诽谤和中伤，她的态度也会改变，不愿和我做朋友了。在平凡的生活中，能被夺走的东西也许并没有那么多。

但是，如果心怀大大的梦想呢？艺人或体育明星，还有小说家，无论他们多么努力去实现梦想，只要有了笑柄，就会在互联网这个空间里，成为别人的众矢之的。

就像对待麻奈那样。

从小学高年级时起，我的梦想就是成为一名小说家。可我并没有像知名作家接受采访时说的那样，从早到晚地读书，把书当成最好的朋友。我只是每周去图书馆借一本书，每月拿到零花钱时，都去买两本自己喜欢的连载单行本来读，仅此而已。但跟身边的人比，我还是有自信说出"自己的爱好是读书"这句话的。

上了初中，我参加的社团是计算机部。

社团成员是初一的学生，男女合计十五人。虽说已经算比较大的文化类社团了，可活动内容都是更新学校网站主页的学生作品专栏，或是在学校活动时制作宣传海报和传单这类不太起眼的工作。一周有三天时间露面，到活动室来干这些活儿的，其实只有寥寥数人。

有些自以为是的学生说，在乡下学校的社团会越练越差，便加入了邻镇的足球部和棒球部，计算机部只是他们的临时归属。所以在运动会的接力赛跑中，计算机部总能得第一。"我们把体育类社团战胜了哪！"我心里很看不上那些沉浸在优越感中的参赛者，可他们却很受欢迎。最让我气愤的是，时常有人会问我："阿萌，你是为了吸引男生注意才进的'计社'吧？"

别小看人。羡慕的话你也加入不就得了。再说到底啥叫"计社"？浮现在头脑中的话，我没有说出口。乡下长大的孩子，从十岁时就能意识到"祸从口出"了。

我之所以进计算机部，是想让家里给我买台电脑。我们家只有一台电脑。而且，家里住着两辈人，电脑放在爷爷住的那一侧的书房里，每次用都要经爷爷许可。爷爷是高中理科老师，"向前冲科学馆"这种青少年理科实验网站，就算我不主动要求，他也会招呼我去看。可却有个莫名其妙的规矩，就是明星和电视节目的官网之类，每天只许看一次。

这样时不时让我用一下的话，还真不如一台电脑都没有呢。结果上中学时想让父母买台笔记本电脑，马上就被拒绝了。尤其是妈妈有很大偏见，开口反对说"怎么能给你买那种像犯罪温床一样的东西呢"，连爷爷都没像她这么想。在镇上的面包店，每天都能听到大大小小的流言，所以妈妈才会这么想，也没办法。

虽然不买电脑，可因为父母和爷爷奶奶都在工作，所以手机的事我连提都没提，就毫不费力地有了一部。"可以跟同学发邮件，但不能用来上网"，这句话几乎在每顿饭后都会听到。我现在觉得，他们别给我买就好了。

不，我没有这么想。

随时都能说出"想解约"这句话，可直到现在，我的风衣兜还是鼓着一块长方形，而且还开着机。有手机也不完全是坏事。假如没有这个的话，当初就不会想写小说了。

可假如没有这个，也不会把麻奈逼上绝境了。

"阿萌，马熊啊，马熊！"

我顺着奶奶手指的方向看去。茶褐色的马熊带着两只小熊，正在海岸的岩地上走着。"能看到马熊妈妈带着小熊，大家运气真好呢！"听了导游的一句话，大部分游客都有些兴奋地点头。没有被这热烈的气氛所感染的人，只有我和那个拿着智能手机的男生。

旁边好像是他妈妈，说"差不多就收起来吧"，可他连头也不抬，还嘟囔"真烦人"。"这么好的天气，还有这么美的景色，你连看都……"妈妈没生气，继续说道，而他干脆充耳不闻了。妈妈身边的应该是爸爸，但他没把两人放在心上，而是举着有超长远景镜头的相机，追随着马熊的身影。妈妈也轻轻叹了口气，将目光移向了马熊那边。

"难得带你到这么远的地方来，你却……"我似乎听到了他妈妈的心声。也许奶奶心里也是这么想的。我的反应这么平淡，她一定很失落吧。

但我并不是有意摆出这种态度的，而是完全不懂如何去享受旅途的乐趣。

我感谢奶奶，是她把我从有爷爷的家里带出来。爷爷曾任高中校长，他不允许自己的孙女闭门不出、不去上学，大发雷霆，家里的空气都弥散着火药味。

咱们去北海道吧——奶奶跟我说。我马上答应了，可去北海道的哪里，想做什么，却完全没有想法。冬天可以滑雪溜冰，还有冰雪节，夏天的北海道有什么呢？我用手机检索了一下，人气景点有富良野的薰衣草田和旭山动物园,网页上还有景点的图片。

对于那些一生中大部分时间都没上过网的人,也许会想亲眼看看那些景色吧。去的地方越遥远,越能体会到进入非日常空间的感觉。就能在外出旅行时,完全从日常生活的琐碎烦恼中解放。

去哪儿都行啊,我把旅行计划全权交给了奶奶。为了瞒着爷爷,奶奶没用自家的电脑,好像她本来也不太会用,而是去找了小镇商业街上唯一的一家旅行社,所以我对她的计划毫不知情。但我发觉,她这么做有一半是为了我,还有一半是向爷爷发起的反叛,就一句都没有追问。爷爷退休后,奶奶终于揭竿而起,要从爷爷身边逃走了。

这样的话,就去东京得了。虽然我想这么提议,可话到嘴边还是咽下了。话一出口,不就会暴露出我看到奶奶以前日记的事了吗?

"喃,真不错!"走在前面的老大爷们一脸满足地说。我和奶奶跟在他们身后下了船。大家都朝挂着"魅力道东一日游"牌子的大巴走去。奶奶事先说了自己爱晕车,所以我们的座位在司机旁边那列的第一排。

这次旅行,奶奶在来时的渡轮上躺了一路。躺下的话什么事都没有,可只要一起身,上下振动会传递给身体,就会觉得恶心。

——我之前还觉得船比公交车大,就应该没事儿呢。

她像是怕我担心,笑着说,但脸色煞白。

——到了岸就没事啦。不知是现在的晕车药更有效了,还是我的体质变了，坐汽车和火车一点儿都不晕。

确实像奶奶说的那样，她到北海道之后状态一直特别好。可能对渡轮一开始就有些许不安，或许还有一种到儿子职场参观的心情。船票貌似也有优惠，买的家属票。

"大家都到齐了吗？"

导游确认了一下人数。奶奶靠窗坐，站在巴士过道的导游和我之间也就三十厘米左右的距离。在参观知床半岛时，导游唱了一首歌，好像叫《知床旅情》，博得了中老年游客的大声喝彩，他可能又想唱什么歌。

"下面我们要穿过知床岭，往根室去。途中会在标津休息，各位要是在途中觉得身体不适，也请告诉我，千万不要有顾虑。"

大家以掌声代替了回答，也对此给予了喝彩声。奶奶也朝导游鼓起了掌。全国各地的人偶然间在这天相聚在北海道这片大地，奶奶似乎很享受在旅行团中与其他游客结下缘分的过程。

奶奶的心思现在不在那座小镇上，全都在这里。或许她惦记爷爷，可爷爷那个时代的男人都能照顾好自己。比起袜子都找不到的爸爸，根本不用那么担心。

我也象征性地拍了拍手，叹了一口气。

真的是手机的错吗？

就算在没有手机的时代，我也没法享受这次旅行。相反，如果没有麻奈那件事，也许就算兜里装着手机，我也能正常享受旅行。能比奶奶更快地发现马熊，一个劲儿地拍照，也许现在正完全无视导游的存在，拼命地给朋友们发照片呢。

奶奶很开心，因为她没在那座镇上留下任何东西，所以也没有随之而来的恐惧。我觉得，就算那时奶奶上了电车，她也应该不会幸福。爷爷为什么没有微笑着把奶奶送走呢？

我发现奶奶的日记，大约是在不上学两周之后。独自一人的漫长时间，我想用读书来填补。想读那种很厚的纸质书，就趁爷爷上班时，悄悄钻进了他的书房。

玻璃门书柜里密密麻麻摆满了《我是猫》《伊豆的舞女》之类的日本文学名著和《飘》这样的世界文学名著。我抽出了放在书柜最上面一排左侧的《呼啸山庄》。想把书从纸盒里拿出来，读个开头，可怎么摇晃都倒出不来。仔细一看，发现书和纸盒的缝隙间，塞着一沓折了好几折的纸。

那是奶奶写在稿纸上的日记，或者说，更像是随笔。我又去其他书里找，发现《呼啸山庄》和《飘》上中下三卷里都有，摆在旁边的《哈姆雷特》里却什么都没有。

孩提时代起，奶奶就总是在那个空荡荡的小镇里，仰望着高山幻想。小学六年级时与转校生道代成了好朋友，以此为契机，之后便开始写小说了。

奶奶怎么会……我很难想象出年轻时写小说的奶奶是什么样子。在我的印象中，奶奶就是个面包师，她比任何人都喜欢做面包。我知道，家里从曾外祖父那辈起就在开面包店，我一心以为奶奶从懂事时起就想当个面包师。

脑中没有浮现出奶奶写小说的身影，而我自己的身影却与年轻时奶奶的身影瞬间重合起来。不是这样的，我将这个景象从脑中抹去。我是道代。虽然文章好，内容流畅，在开头有点文学的意味，但比起写故事的才能，她真是让我望尘莫及。

奶奶年少时的身影与江藤麻奈相重合了。

我参加计算机部，是打算先用学校的电脑写小说，将来再让家人给我买电脑，可身边有人的话就没法集中精力，怕人凑过来看，问我在干什么，结果连三行字都没写满，当初的如意算盘就落空了。

没办法，社团活动时我主动承担了制作保健宣传单和安全防范宣传单的工作，可在学校里未能如愿的事必须得找个地方解决。

几分钟之前，妈妈还在饭桌上说不能上网，可几分钟之后，我已经在自己房间单手拿着手机，点开了"梦想工坊"这个小说投稿网站。作者和读者都以少女为对象的网站还有几个，可我觉得要是投稿，那些网站的门槛都太低了。我也读过那些网站的作品，可总觉得不对自己的口味。文笔差，内容雷同的很多，都是全能男生与普通女生的爱情故事，这种看一个就够了，更别说自己去写了。

我决定，不和这个镇上的男生交往。

我看了好几篇投稿的作品，寻找自己喜欢的风格时，觉得有意思、吸引我的是一部发表在"梦想工坊"网站上，题为《玻璃小妹》的作品。作者的名字叫更科绘马。

与作者同名的主人公绘马，在十二岁生日那天早晨，变成了由头、四肢、上下躯干这七个玻璃零件组合而成的玻璃人。枕边一张来历不明的生日卡片上，留言是"这件礼物，是为了让你成为心灵像玻璃般纯净透明的人"，还写了注意事项。

作为玻璃人生活为期一个星期。受到一些轻微的冲击，玻璃不会碎裂，可在此期间，每天必须要为别人做一件事，如果没做，身上的部位就会逐次破裂。判定的时间为当天结束的午夜零点。到了第七天的午夜，就算只剩下一个部位，都可以恢复人类的身体，可若是每个零件都碎裂了，她就会死去。总的来说，在这一周之内，做一件好事就可以了，很简单嘛。好，那加油吧。

变成了玻璃人的绘马还没有完全了解状况，就像平时那样去上学了。别人似乎都看不出她身体的异样。绘马决定马上行动，上美术课时，她去帮助视力有障碍的男同学做作业，可那天晚上，当时钟的时针、分针和秒针汇成一线时，她右侧的手臂一下子碎裂了。

这只是第一章，作品不定期更新，所以不知什么时候才能读到下面的章节，但我在不同的日子把那部作品读了三遍。"梦想工坊"的所有来稿都可以写评论，我给这部小说写的评论是"非常有意思，期待后续"。这是我第一次在网上给人留言。

虽然妈妈知道的话会气晕过去，但我既没感到不安，也没有罪恶感。因为我是在夸奖别人。我只是开心，遇见了让我兴奋的作品。我也想试着写出这样的作品。虽然我写在笔记本上的短篇故事全都跟《玻璃小妹》相差甚远，可那时我觉得自己和绘马就是势均力敌的对手。

之后，《玻璃小妹》以每两个月一次的速度更新，评论栏里虽然也零零落落有些苛刻的意见，但忠实粉丝却在增加。

初一第二学期快结束时，我和同年级的社团成员麻奈一起制作吹奏乐部的新年演奏会海报。虽然我的出勤率很高，可还是第一次跟坐在机房最靠边的位子、每次都埋头苦干的麻奈合作。我们俩不同班，上的小学也不一样，虽然在一个房间却几乎没说过话。她长得很像洋娃娃，皮肤白皙，五官深邃，这张与农村很不相配的漂亮面孔也是让我产生抵触的理由之一。

——真是不擅长做这种以图画为主的海报。

我脑中没有半点创意，丢开了鼠标，像是在表达"那就能者多劳吧"，麻奈笑着说"你太狡猾了"，接着说了下面的话。

——确实，阿萌写文章写得很好呢。简明易懂，没有废话，必要的内容全都能表达出来。之前的人权作文也入选了，真羡慕你啊。我的文章啊，总被人说是裹脚布，又臭又长。

虽然我想回答说"没那回事儿吧"，可我从没读过麻奈写的文章。自己被夸奖，我不好意思地笑了，麻奈接着对我说。

——你没在写小说什么的吗？我觉得，进计算机部应该都是为了这个目的吧。

我没反问"你怎么知道的啊"。因为自己觉得挺得意，而对方很有可能会一改之前的态度，冷冰冰地说我"真恶心"。身边大部分同学都会看小说和漫画，也会很自然地谈论起自己喜欢谁的作品，可要是看见谁在笔记本的一角画插图，就会大声说"真恶心"。从那个瞬间起，就会大声叫那个人宅男（女）。我用了一种狡猾的方式回答她。

——麻奈你是这样的吧？

——哎，被你发现了。

麻奈干脆地回答。然后我也跟她坦白，其实我也是这样的。

——太好了，我们互相交换作品看吧。

找到了同伴，我不禁开心地开口提议，但麻奈却没有马上同意。

——虽然写完了几部作品，但我希望正在写的作品完成后，让你看现在这一篇。

这样的话，我也从现在开始写部新的作品吧。我回答得很轻松，交换小说的事先搁置了。可我们互相交换了个人信息，开始发一些"在写吗""在写呢""感觉发挥得不太好啊"之类的简短邮件。我在班上有自己的朋友圈子，也会跟圈子里的朋友发邮件。可比起那些冗长乏味的内容，和麻奈的邮件才更像是日常生活的调料。我第一次觉得有手机真好。

"阿萌，看，国后岛。"

奶奶把贴在车窗上的脸稍微转过来了一点儿，说道。国后岛是北方四岛之一，这我知道。

"是个大岛呢。而且，离得这么近。"

奶奶满心钦佩地大声说，我也毫不掩饰地点头。跟看到教科书地图后想象的完全不一样。

"海里明明没画什么线啊。"

奶奶脑海中浮现出来的应该不是教科书，可能是把北方领土用线圈起来的地图。

难不成，我一直都把奶奶的意图理解错了吗？

乘渡轮到小樽之后，换乘特快列车和巴士，驶向的地点我之前完全没查过，是最北方的镇，稚内。途中也顺路去了SAROBETSU[①]原生花园，却不是薰衣草田。很像高山植物的花朵黄白相间，争相斗艳，再往前走就看见海了。我们在市场上吃了海鲜盖饭，米饭上堆满了鲑鱼子、海胆和扇贝，料足得令人瞠目结舌。之后奶奶带我去的地方，是宗谷岬。

这里竖着"日本最北端"的标志，循环播放着《宗谷岬》这首歌。奶奶也随歌声哼唱起来。我心想，奶奶这么想来这个地方吗？但一听见周围的人也在隐隐哼唱，我明白了，这首歌对某个年龄段的人来讲很有名。

我完全听不出这首歌好在哪里。

但这个情景让我突然想起一件事。爷爷奶奶有时会看一个唱歌的节目，播出的歌曲经常出现神户和长崎这样的地名。现在如果对哪个地区感兴趣，很容易就能看到图片，可是在这个时代到来之前，这些歌曲一定也发挥了作用，让人们的想象力驰骋在远方。

奶奶的父母开的面包店名字也叫"薰衣草烘焙坊"，虽然这个名字是从植物百科辞典里找的，但据说他们两人第一次来北海道时都已年过花甲了。

---

① SAROBETSU 是阿伊努语，意思是"流经湿地的河流"。

虽然是秋天去的，可两人回来时异口同声地说，铃兰和薰衣草都没开花。他们俩看起来很吃惊。这在他们的孙辈，也就是我爸爸和姑姑之间是个大笑话，每次做法事都会提起。在曾外祖父的想象中，北海道一年四季都开着花。他身边也没有哪个人敢去否定他，那不是太岁头上动土吗。

其实身为女婿的爷爷就毕业于北海道的大学，他对表达感想的二人说"好像挺多人都有这种感觉呢"，体贴地接了句话。换作是我，肯定会表情冷淡地说"你自己去好好查查啊"。

当时面包店那么受欢迎，可能也是因为在那个狭小的镇里，很多主妇都对辽阔的北方大地心怀憧憬吧。继承了那家店的奶奶来到北海道，只要看到面包店就会进去买。她说想多尝几种味道，要跟我一人一半，结果我也吃了不少。当她吃到中意的口味时甚至会做笔记，到头来，我也只能看出她是个彻头彻尾的面包师傅。

她真的有过当小说家的梦想吗？梦想已经完全消失殆尽了吗？如果我坦白了自己做的事，她会生我的气吗？我想着这些，途中虽然也去了沙罗马湖，可一路上基本都是在看海。

说实话，我对海已经腻了。单纯这么觉得，可我还是望着隔开了北方四岛的大海，想：大海不也是要塞吗？

就算翻过了山，那之后还有要塞。就算来到了日本最边界的地方，也还是有要塞。没法逃出去的话，就在里面战斗吧。

奶奶是在告诉我这些吧……如果是这么回事，能够自己领悟到，说明我还是很懂事的。可我不知道战斗的方法。或者，她是想告诉我，既然逃不掉就别再逃了，让我在有限的环境中考虑最好的对策。

就像奶奶放弃当小说家，成为面包师那样。更何况那不只是梦想。当时，机会明明就触手可及。

像麻奈那样……

上了初二，我和麻奈分到了同一班，可我在班里还属于之前的那个圈子，跟从初一开始关系就比较好的女生在一起。瑠伽是这群人里的大姐大。她是篮球部的主力成员，学习也很好，虽然没被选为班长，但如果老师推荐，她应该就会微笑接受。我很喜欢她的爽朗、大方。

初一时，我在班里属于不太显眼的那种，而瑠伽过来跟我搭话，说她是"薰衣草烘焙坊"的粉丝。她跟大家推荐说，阿萌家的面包超好吃，我真的很开心。

就是这个瑠伽，跟我说"下次再一起吃便当吧"，我没理由拒绝她的邀请，去跟麻奈在一起。麻奈也从没这么邀请过我，她也有能聊到一起，看起来很老实的朋友。

社团活动时，我们有时会在机房一起干活儿，我会给她发邮件问"写了吗"，觉得这种交流对我们来说刚刚好。收到"写完啦"的邮件，是在五一黄金周前，我读完了《玻璃小妹》的第六章，正满怀期待地想象"只剩下一个身体部位的玻璃小妹到底将会怎样"。

放春假时，家里终于给我买了笔记本电脑，我写了一篇自认为很符合自己的风格，很不错的短篇小说，就马上跟麻奈约定，等连休结束就在社团活动时互相交换作品来看。

我拿了一个薄薄的透明文件袋，而麻奈拿的是一个很厚的牛皮纸信封。我先接过她的，打开一看，看见了大字号的标题，不禁倒吸一口凉气。

是《玻璃小妹》。

我慢慢地呼出了一口气，同时像宣告认输般，吐出了一个细微的声音。

——你知道吗？

麻奈吃惊地睁大眼睛，我对此只点了点头。麻奈没注意到我的情绪，表情一下子明朗了。

——"梦想工房"也提供出版的机会，阿萌你知道这个网站也是理所当然的事。突然觉得不好意思了。或许，我也读过阿萌你的作品呢。

那不可能。把作品上传到"梦想工房"上，也得经过审查的。

——阿萌，你的也让我看看。

麻奈有些兴奋地伸出两手，可我把文件藏在了背后。

——不行不行不行。让《玻璃小妹》的作者这么厉害的人看，还拿不出手。我的作品还要延期。

看我低着头夸张地搓着手，麻奈笑了，说"那没办法啦"。那时我应该没想过"你只是麻奈，也有点太狂妄了"或"明明交的朋友都那么不起眼"这类话吧。

所以，我才做出了那件事。

巴士开到了纳沙布岬，停留时间是一个小时。好多人精力充沛地说"去吃花咲蟹喽"，而奶奶和我却向纳沙布岬的最前端走去。

"这是日本的最东边啊。"

奶奶眺望着国后岛说。然而，跟当时在日本最北边的宗谷岬时一样，我完全没有"这里是日本边界"的实感。说起东边，印象里还是会想起东京，就算知道日本地图的形状，也还是会怀疑，这里真的是日本的最东边吗。

"你理解了北和东的概念，之后再去确认一下南和西的话，也许就能实际感受到了。"

奶奶说。

"又不是在下黑白棋。"

"也是啊。"

奶奶像少女一样噘起了嘴。虽然刚才我接得很顺，可我没有奶奶那样的构思。要是奶奶成为小说家，她笔下会诞生怎样的故事呢？

"如果啊……有个孩子，想去国外实现她的梦想，梦想触手可及，却被家人阻止，只能放弃，您认为，那个孩子会不会觉得大海就像要塞一样呢？"

看着大海的奶奶边说"这样啊"边将视线投向更远的地方，突然"嗯"了一声，皱起眉看向我。

"阿萌，你到底还是读了世界文学名著啊。"

我沉默着点头，视线向下，把一直都想问奶奶的话问出了口。

"梦想被夺走，是什么感觉？"

我等了一会儿，奶奶却没有回答。果然，就算那件事发生在几十年前，也还是成了心结，成了不可碰触的伤口吧。我抬起头想跟奶奶道歉，却发现奶奶表情悲伤地看着我。

"阿萌，你伤害到别人了吗？"

奶奶怎么会知道？这次轮到我沉默了。但考虑了一下发现其实很简单。如果受伤的人是我，就不会询问受害者的心情了，因为自己最清楚不过。奶奶会难过，是因为她一直以为我是被伤害的人。她相信了我的借口，认为我不上学是因为班里那些孩子，所以才在爷爷责备我时也站在我这边，还带我出来旅行。

奶奶应该对我很失望吧。

"在那个镇上，就算用很小的声音说话，也会有回声传开。什么话都说不了。'对不起'这样的话明明只是说给对方听，可其他人听到的话就会刨根问底，变成奇怪的传闻。在这里就没关系。奶奶不会跟任何人说。"

奶奶直视着我，用力点点头。我感觉身后被推了一把，一下子有了力量，抬头望向天空。

——阿萌你在"计社"对吧？跟麻奈关系好吗？

五月中旬的一天，放学后，瑠伽突然这么问我。

——也说不上多好……社团活动时，麻奈她也总是一个人对着电脑。

——难不成，她是个宅女？也有一些恶心的爱好？

——没有吧。她只是写一些很普通的小说。有篇作品叫《玻璃小妹》，在一个叫"梦想工房"的投稿网站上就可以看到，很有意思呢。

——哎！好像很有意思。

瑠伽说了这句话，拍了拍我的肩膀，好像是在夸我"干得好"。

麻奈递给我原稿的第二天，"梦想工房"上也更新了《玻璃小妹》的最终章节。这是整篇的压轴部分。玻璃小妹是恢复了原来的身体，还是死去，已经不是单纯一个女孩子的故事了。

"梦想工房"每两个月会针对完结的作品组织一次人气投票，获得第一名的作品可以获得是否出版成书的研讨机会。第二个月开始的投票中，《玻璃小妹》一马当先，独居榜首。可从某个时刻开始，评论栏里中伤的留言突然开始显眼起来。

让所有读者都觉得有意思的作品不会存在，也有人喜欢贬低受到好评的作品。再有可能，是《玻璃小妹》的竞争者和他的亲友团写这些来抹黑她。

作品在发表的过程中，也会有人发一些严厉的评论。比如"内容挺有意思，但是文章还需要多斟酌""有几处描写从主人公的视角突然变成了第三视角""对玻璃破裂的方式描写得不够，难以判断是裂得粉碎还是只出现了几道裂痕"。显而易见，这些人都是认真读过之后才写的评论，并非针对作者本人。

而之后突然激增的评论却不一样。"人类历史上最差之作""无聊透顶""完全暴露了作者有多弱智"，这些评论，让人只能感觉到是在恶意贬低作者。

然后，在同一时期，我的手机收到了瑠伽的邮件，上面写"咱们都别理麻奈"。公开的理由是不喜欢麻奈的态度，但我马上就知道了真正的原因。麻奈被计算机部的男生告白，她拒绝了。而瑠伽喜欢那个男生。

麻奈是找了个没人的地方，悄悄拒绝的，可那个跟她告白的白痴，为了保护连自尊都称不上的无聊自我，当着全班人的面，像悲剧的男主角那样感慨自己被甩了，像是要报复麻奈，从第二天开始三天偷懒没来上学。有暗自心生嫉妒，开始欺负麻奈的白痴女生，还有明明跟麻奈没有任何恩怨，却怕引火烧身，窃窃私语，对麻奈指指点点的白痴同学，以及没意识到自己班里发生了问题的白痴老师。

乡下小镇上尽是白痴。

恶意满满的评论，词穷之后也会暂时平息，但一眼看去像是夸奖的评论，就会让情况更恶化。

"我饶有兴趣地读了这篇作品。与天才SF作家星村良一初期某部作品的结构相似，可作者很厉害，将之作为自己的作品升华了。"

那些词穷的人，拼命地在评论栏里写"抄袭"。不久，《玻璃小妹》从"梦想工房"网站删除了，排名第一位的是《温暖俱乐部》，是讲美少年侦探推理出日常小谜题的故事，这部作品最终进入了出版备选名单。

网上也都是白痴。

然后，麻奈就不来上学了。

事后，班里进行了问卷调查。我只在"不理睬"一栏中画了圈。

可是，麻奈并没有跟我说话，或是求助于我。单从调查结果来看，我是个旁观者。以瑠伽为中心的小圈子成员，或是把麻奈的鞋子藏起来，或是上体育课时故意把她推倒，不止是不理她，还欺负她。她们还强迫麻奈跳舞，把她跳舞的视频传到网上。如果老师再敏锐一些就该去质疑，与主谋在同一个小圈子的我，为什么仅仅"不理睬"就被其他人放过了。

我听说过，瑠伽想考之前爷爷任职校长的邻镇私立高中，可那与这次的事件无关。因为在瑠伽看来，我的功劳大过任何人。

我提供了有意思的八卦。"梦想工房"网站上那些对《玻璃小妹》的诽谤、中伤评论，多半是瑠伽和班里同学写的。

比起班里同学的欺辱，《玻璃小妹》受到非议、失去了出版机会这件事才更让麻奈的心灵蒙受打击。即便在学校里很难受，若是有与广阔世界相通的梦想，有这样一个心灵居所，或许就能够忍耐。可是，自己最珍惜的场所却遭到了践踏，麻奈该是多么的绝望和恐惧啊。被夺走的不止是《玻璃小妹》这一部作品。就算她今后写出了新作品，就算她以职业作家的身份出道，无论多么受欢迎，那些白痴们都会利用网络这个工具轻易找到她。

始作俑者就是我。

而且，我并不是无意的。因为我从心底嫉妒麻奈。如果我说出"我根本没想到瑠伽会攻击麻奈"这样的话，也许会遭雷劈的。

巴士离开了大海，驶向摩周温泉。我们今天会在这里入住。

回到巴士上，奶奶也没有谈及任何关于麻奈的事。看见说话说得口干舌燥的我一口气喝光了瓶里的水，她只说了句"奶奶的水你也喝了吧"。我读了奶奶的日记，一开始将自己与奶奶重合，之后马上变成了道代，最后又变成了爷爷。

追逐梦想的人，放弃梦想的人，助人实现梦想的人，阻碍别人梦想的人。

我把奶奶的日记录进电脑，是想在旅行时带着它。然而，我在去北海道的渡轮上就将它送人了，是因为自己拿着它也得不到任何答案，所以放弃。我越读越觉得自己的身影与爷爷重合了。不知缘由就责备我不上学的爷爷，肯定也像这样，埋伏在火车站等着想去东京的奶奶。他振振有词地讲大道理，把奶奶带回了家。

虽然日记只写到"爷爷等在那里"，可奶奶一直都在镇上生活的事实给出了答案。也许奶奶是为了与自己的梦想诀别才写下日记的，可最后的场面却没能写完。梦想破灭的瞬间，原来是如此痛苦。

接下来我该怎么做呢？

我把奶奶的日记交给在渡轮上遇见的智子姐，是因为智子姐在用文章记录旅行。她用摄像机拍的视频也很厉害，休息时还拜托我去帮她买书。那本书是松木流星的短篇集，所以我很想知道，若是这个人，会如何解读奶奶的日记，会想象出什么样的结尾。

我交给她时没说这是奶奶的日记。在漫长的航船旅途中，智子姐很有可能会见到奶奶。之前跟她说过我表姐的事，就顺势糊弄过去，把日记交给了她。

可直到船在小樽靠岸，智子也没有来找我聊看过日记之后的感想。也许是因为身体不舒服吧。我也没去找她。能把这个故事交给一个看起来很诚恳的人,已经让我的心情轻松些了。

"奶奶,您是怎么原谅爷爷的呢?"我小声问。

奶奶有老花眼,看报都得戴眼镜,幸而她的听力还很好。

虽然现在像是在跟爷爷吵架闹分手,可他们平时感情很好。我甚至觉得这也许是他们第一次吵架。当我还小时,经常和奶奶一起去散步。乡下没有被柏油覆盖的土路旁开着应季的野花,还能看见昆虫的身影。就算我问起它们的名字,得到的也都是些含混的回答。对此,奶奶却一副理所当然的表情说:"到家咱们去问问爷爷吧,爷爷什么都知道。"之后果真像奶奶说的,爷爷不光能回答出来,还会给我讲更多的知识。爷爷明明只告诉了我这条小路旁的知识,我却很尊敬他,觉得爷爷连山那边的东西都知道,觉得他无所不知。

"'原谅'?你说原谅什么啊?"

"您为了当小说家离开家,却被等在火车站的爷爷带回来了吧?"

奶奶有些疑惑地歪着头。

"难不成,阿萌你读了《呼啸山庄》和《飘》,却没读《安娜·卡列尼娜》?"

"后面还有吗?但我连放在《飘》旁边的书都翻了一遍,什么都没有啊,《哈姆雷特》里也没有。"

"顺序错了吧。也许是亚纪读过《哈姆雷特》之后就随便放在那儿了吧。'火腿君'啊,比起看过的书,更愿意把时间花在读新书上。秀树跟美和子都不像是会去读这种厚书的人，我觉得那是个最隐蔽的地方了。即使被找到，应该也是有孙辈的时候了，那时自己已经可以把它当作以前的笑话了。"

奶奶笑了，虽然笑容有点怪怪的。她管爷爷叫"火腿君"时的语气也很温暖，单凭这点，就能知道奶奶还是喜欢爷爷的。话虽如此——

"那后来怎么样了？"

"虽然这些话从自己口中讲出来觉得有些难为情，但一定得消除阿萌你的误解。"

奶奶这么说，给我讲了故事的结局。

"火腿君"在火车站等着绘美，是因为绘美的妈妈看到了巴士上的她。开往邻镇的巴士就从面包房前经过。妈妈往"火腿君"的单位打电话，"火腿君"从单位冲出来就直奔火车站了。

但是，他没有强迫绘美回去。

"至少让我送送你。"

"火腿君"这么说，递给绘美一个牛皮纸信封，里面装着地图和名片。名片上是大出版社锦州社的文学部编辑，叫清原义彦，据说是"火腿君"大学同学的叔叔。

"如果你非要当小说家不可的话，不要去松本流星那里，去找这个人。"

"为什么要为我做这些事？"绘美问。

"火腿君"回答，是为了实现绘美的梦想，他尽自己所能去考虑的最好的方法，最后得出了这个结论。那天，绘美最终没有上火车。在那之后，绘美把自己之前写的多部作品寄给了锦州社的清原，跟"火腿君"一起去了出版社。

一年后，绘美人生中的第一本，也是最后一本书《铃兰特急号》出版印刷了。

奶奶出过书。

"您怎么没告诉过我？"

"都过去几十年了，我又不知道阿萌你的梦想是成为小说家。而且啊，出了书，奶奶最初的梦想也得以实现，满足了。这就是结尾。"

"第二本呢？"

"《铃兰特急号》完全没销量。你就别再多问啦。你就当是，比起写小说，奶奶更有做面包的才华！"

奶奶说了这些话，脸上浮现出难为情的笑容，但还是用一副端详的表情，认真注视着我。

"可是阿萌，虽然爷爷帮奶奶做了这些事，可是你不要想去帮麻奈找出版的道路，以此作为对她的补偿哦。如今的你没有这样的能力和人脉，而且这个问题不应该拖到将来。你要考虑的是，如今你能为麻奈做什么。听懂了吗，会错意可不行。不是让你自己觉得轻松的方法，而是要考虑麻奈想要什么。"

奶奶连我假装受伤，其实只想着自己这件事都看穿了。

"我想……必须要向麻奈道歉。然后……我想告诉她，不管别人说什么，我都觉得《玻璃小妹》很有意思。再请求她写部新作品。不是因为'有好多人都这么期待''麻奈的才能不施展就太可惜了'，而是对她说，因为我想看，请你写吧……我该怎么告诉她呢？"

"等回家再去找她也行，用你兜里那个方便的工具不也行吗？带着它也是为了在这个时候派上用场吧？"

我从风衣兜的上面摸了摸手机。

"我也差不多该收敛一下了，再不联系'火腿君'，他岂不是要寂寞得一个人偷偷地哭起来啦。让你爷爷好好带咱们逛逛他上大学时生活的小镇吧。"

奶奶从放在膝盖上的手包里掏出手机。可进入了山路的巴士边减速边画着弧形前进。奶奶遇上这样的路就完全被打败了，如果不闭眼静坐就会晕车，给爷爷的邮件只能暂缓发送了。可我没事。我就开始认真思考，组织语言吧。

在这之前……

"奶奶。"

听见我叫她，奶奶像吓了一跳。"啊？"她睁开了一直闭着的双眼，眨了好几次。

"有件事忘记说了。奶奶您虽然说那本书是第一本也是最后一本，可最后到底如何，现在还不知道呢。"

是哪——奶奶轻轻笑着，透过玻璃抬头望向天空。在北国夏日的傍晚，天空依旧高远清澈。在天空彼方的故事，奶奶和我肯定都会一直期待着。

MONOGATARI NO OWARI
Copyright © 2014 Kanae Minato
All rights reserved.
Original Japanese edition Published by Asahi Shimbun Publications Inc., Tokyo.
Chinese translation rights in simplified characters arranged with
Asahi Shimbun Publications Inc., Tokyo.
through Japan UNI Agency, Inc., Tokyo.

图书在版编目（CIP）数据

物语终焉／（日）凑佳苗著；郑晓蕾译．—北京：新星出版社，2016.1
ISBN 978-7-5133-1984-3

Ⅰ．①物… Ⅱ．①凑… ②郑… Ⅲ．①长篇小说－日本－现代 Ⅳ．① I313.45

中国版本图书馆 CIP 数据核字（2015）第 305786 号

物语终焉

（日）凑佳苗 著；郑晓蕾 译

责任编辑：邹 瑨
责任印制：李珊珊
装帧设计：broussaille私制

出版发行：新星出版社
出 版 人：谢 刚
社　　址：北京市西城区车公庄大街丙3号楼　　100044
网　　址：www.newstarpress.com
电　　话：010-88310888
传　　真：010-65270499
法律顾问：北京市大成律师事务所

读者服务：010-88310811　service@newstarpress.com
邮购地址：北京市西城区车公庄大街丙3号楼　　100044

印　　刷：北京玥实印刷有限公司
开　　本：910mm×1230mm　1/32
印　　张：8.25
字　　数：118千字
版　　次：2016年1月第一版　2016年1月第一次印刷
书　　号：ISBN 978-7-5133-1984-3
定　　价：35.00元

版权专有，侵权必究；如有质量问题，请与印刷厂联系调换。